新・知らぬが半兵衛手控帖

古傷痕

藤井邦夫

双葉文庫

新・知らぬが半兵衛手控帖

古傷痕

藤井邦夫

双葉文庫

目次

古傷痕

新・知らぬが半兵衛手控帖

江戸町奉行所には、与力二十五騎、同心百二十人がおり、南北合わせて三百人ほどの人数がいた。その中で捕物、刑事事件を扱う同心は所謂《いわゆる》〝三廻り同心〟と云い、各奉行所に定町廻り同心六名、臨時廻り同心六名、隠密廻り同心二名とされていた。

臨時廻り同心は、定町廻り同心の予備隊的存在だが職務は全く同じである。そして、定町廻り同心を長年勤めた者がなり、指導、相談に応じる先輩格でもあった。

第一話　猫被り

一

用部屋には朝の光が差し込んでいた。

北町奉行所吟味方与力《ぎんみかたよりき》の大久保忠左衛門《おおくぼちゅうざえもん》は、細い筋張《すじば》った首の喉仏《のどぼとけ》を上下させて茶を飲んだ。

「して、大久保さま、御用とは……」

北町奉行所臨時廻り同心《りんじまわり》白縫半兵衛《しらぬいはんべえ》は、忠左衛門が茶を飲むのを待って尋ねた。

「うむ。此《これ》を見てくれ……」

忠左衛門は、懐紙《かいし》に載せた平打《ひらう》ちの銀簪《ぎんかんざし》を見せた。

「銀簪ですか……」

半兵衛は、平打ちの銀簪を手に取った。

銀簪は、平打ちに百合《ゆり》の花を透《す》かし彫《ぼ》りにした物だった。

「百合の花の透かし彫り、誂《あつら》え物ですか……」

半兵衛は読んだ。

「うむ……」

「して、此《こ》の銀簪が何か……」

「実はな、此の銀簪。去年、行方《ゆくえ》知《し》れずになった大原《おおはら》ゆりと云《い》う名の浪人の娘の銀簪でな」

「去年、行方知れずになった大原ゆりと云う浪人の娘の銀簪……」

半兵衛は眉をひそめた。

「ああ。神田鍋町《かんだなべちょう》の呉服屋大角屋《おおすみや》の新助《しんすけ》と申す若旦那が、大原ゆりと云う娘に惚《ほ》れて贈った銀簪だ……」

「ほう。呉服屋の若旦那の新助が惚れた娘に贈った銀簪ですか……」

半兵衛は知った。

「うむ。だが、去年の夏、ゆりは姿を消して行方知れずになった……」

「大久保さま、ゆりが行方知れずになったのは、何者かに無理矢理連れ去られたか、それとも自ら姿を消したのか……」

半兵衛は読んだ。

「分からぬ……」

忠左衛門は遮《さえぎ》った。

「分からない……」

半兵衛は苦笑した。

「うむ。そして先月、若旦那の新助が小舟町《こぶなちよう》の狸屋《たぬきや》と申す古道具屋で此の銀簪を見付けたそうだ」

忠左衛門は告げた。

「若旦那の新助が小舟町の古道具屋で……」

半兵衛は、戸惑いを覚えた。

大店《おおだな》の若旦那で古道具屋を覗《のぞ》くような者は、滅多《めつた》にいない。

「ま、新助が見付けたと云うより、店の奉公人が見付けたようだ」

「ほう。店の奉公人ですか……」

「うむ……」

忠左衛門は、細い筋張った首を引《ひ》き攣《つ》らせて頷《うなず》いた。

「して……」

半兵衛は、忠左衛門に話の先を促《うなが》した。

「半兵衛。此の一件、年番方《ねんばんかた》の大沢万兵衛《おおさわまんべえ》どのが、銀簪の出処《でどころ》を秘かに突き止めてくれぬかと頼んで来てな……」

「年番方の大沢さまが……」

年番方与力は、町奉行所全般の取締りから金銭の保管、出納《すいとう》、各組の監督、同心諸役の任免などを処理する役職で、最古参の者が務めた。

「左様《さよう》……」

忠左衛門は頷いた。

「大沢さまが何故《なにゆえ》ですか……」

半兵衛は首を捻《ひね》った。

「う、うむ。大沢どのの奥方が大角屋の上得意だそうでな。主《あるじ》の新蔵《しんぞう》に頼まれたそうだ」

忠左衛門は、云い難そうに細い首の筋を引き攣らせた。

「大沢さまの奥方さまが、上得意ですか……」

呉服屋『大角屋』の上得意ならば、いつも便宜《べんぎ》を図って貰っており、そのお返しに頼まれての事なのだ。

「うむ……」

「そうですか。して、銀簪の出処を突き止めてどうするのですか……」

半兵衛は尋ねた。

「大沢どのに御報《おしら》せする……」

「その後は……」

「知らぬ……」

忠左衛門は、白髪眉《しらがまゆ》をひそめた。

「知らぬ……」

半兵衛は、厳しさを滲《にじ》ませた。

「ああ。大沢どのは御報せした後の事は何も云ってはいない。それ故、半兵衛、突き止めた後の始末は……」

「事と次第に依《よ》っては、任せて戴《いただ》けますか……」

半兵衛は、忠左衛門を見据えた。

「う、うむ……」

忠左衛門は頷いた。

「ならば、此の銀簪の出処、追ってみますが、大原ゆりと云う娘、行方知れずになる迄《まで》、何処《どこ》に住んでいたのですか……」

半兵衛は微笑《ほほえ》んだ。

「浜町堀《はまちょうぼり》は元浜町《もとはまちょう》のお地蔵《じぞう》長屋だ」

「分かりました。では、此《これ》にて……」

半兵衛は、銀簪を懐紙に包んで懐《ふところ》に入れて用部屋を出て行った。

忠左衛門は、冷え切った茶を飲み干して吐息を洩《も》らした。


「やあ、待たせて済まなかったね」

半兵衛は、表門の腰掛で待っていた岡《おか》っ引《ぴき》の本湊《ほんみなと》の半次《はんじ》と下《した》っ引《ぴき》の音次郎《おとじろう》に詫《わ》びた。

「いいえ。大久保さまですか……」

半次は睨《にら》んだ。

「うむ。ま、此奴《こいつ》を見てくれ」

半兵衛は、百合の花の透かし彫りの銀簪を半次と音次郎に見せた。

「百合の花の透かし彫りの銀簪ですか……」

音次郎は、戸惑いを浮かべた。

「注文の誂え物ですか……」

半次は読んだ。

「うん。実はね……」

半兵衛は、半次と音次郎に忠左衛門に頼まれた事を話して聞かせた。

「で、此の銀簪の出処ですか……」

半次は、百合の花の透かし彫りの銀簪を見詰めた。

「ああ。分からないのは、ゆりは何故、不意に姿を消したのかだ」

半兵衛は、小さな笑みを浮かべた。

「ええ。何かあったんでしょうね」

半次は眉をひそめた。

「ああ。そいつは間違いあるまい」

半兵衛は頷いた。

「で、どうします」

半次は、半兵衛の出方を窺《うかが》った。

「うん。先《ま》ずは大角屋の若旦那の新助と姿を消したゆりだ……」

「はい。じゃあ旦那は……」

「うん。新助を洗ってみるよ。半次はゆりを頼む」

「承知しました。じゃあ音次郎、お前は旦那のお供をしな」

半次は命じた。

「合点《がってん》です」

音次郎は頷いた。

半次は、浜町堀は元浜町に急いだ。

半兵衛は、音次郎を連れて神田鍋町にある呉服屋『大角屋』に向かった。

神田鍋町の通りは多くの人が行き交い、呉服屋『大角屋』は賑《にぎ》わっていた。

半兵衛と音次郎は、行き交う人越しに呉服屋『大角屋』を眺《なが》めた。

「繁盛していますね」

音次郎は感心した。

「ああ、音次郎……」

半兵衛は、呉服屋『大角屋』の斜向《はすむ》かいにある蕎麦屋《そばや》に入った。

音次郎は続いた。

「いらっしゃいませ……」

蕎麦屋の老亭主は、半兵衛と音次郎を迎えた。

半兵衛と音次郎は、窓の傍《そば》に座って盛り蕎麦を頼んだ。

音次郎は、窓の障子を僅《わず》かに開けて呉服屋『大角屋』を眺めた。

「変わった様子はありませんね」

「うん……」

「おまちどおさまにございます」

老亭主が、盛り蕎麦を持って来た。

「おう。此奴《こいつ》は美味《うま》そうだ。戴きます」

音次郎は、威勢良く蕎麦を手繰《たぐ》り始めた。

「父っつあん、随分繁盛しているね。呉服屋の大角屋……」

半兵衛は尋ねた。

「そりゃあもう。何と云っても新蔵の旦那が商売上手ですからね」

老亭主は頷いた。

「ほう。旦那の新蔵が商売上手か。だったら大角屋、何の心配もないな」

半兵衛は笑った。

「ええ。そりゃあ、まあ……」

老亭主は、僅かに眉を曇らせた。

「心配事、あるのか……」

「ええ……」

老亭主は、言葉を濁《にご》した。

半兵衛は睨んだ。

「若旦那の新助かな……」

「えっ、旦那……」

老亭主は、半兵衛を窺った。

「どんな奴なんだい。若旦那の新助……」

半兵衛は、老亭主に笑い掛けた。

「そりゃあもう。商売熱心な真面目な働き者で、奉公人にも優しいのですが、番頭さんの話では、損して得取るとか、融通《ゆうずう》を利かすとか、商いの駆引きは未《ま》だ未《ま》だ。ですが、旦那は一人息子可愛さに甘やかしての言いなりで、此のままではお店《たな》の行く末が心配だと……」

老亭主は苦笑した。

「へえ、そうなのか……」

半兵衛は眉をひそめた。

「旦那……」

音次郎が、呉服屋『大角屋』を示した。

縞《しま》の半纏《はんてん》を着た男が、呉服屋『大角屋』の店内を窺っていた。

「なんだい、あいつは……」

半兵衛は眉をひそめた。

「行ったり来たりして、大角屋を窺っていますぜ」

音次郎は、縞の半纏の男を睨み付けた。

「そうか。父っつあん、知っているか……」

半兵衛は、老亭主に尋ねた。

老亭主は、窓から呉服屋『大角屋』を見た。

「ああ。野郎は此の界隈《かいわい》を彷徨《うろつ》いている常八《つねはち》って遊び人ですよ」

老亭主は、遊び人の常八が嫌いなのか吐き棄てた。

「遊び人の常八か……」

半兵衛は苦笑した。

浜町堀の流れは緩《ゆる》やかだった。

半次は、浜町堀沿いの元浜町の自身番《じしんばん》を訪れた。

「ええ、お地蔵長屋なら裏通りの六地蔵の裏にありますよ」

自身番の店番は半次に告げた。

「裏通りの六地蔵の裏ですか……」

「ええ……」

「そのお地蔵長屋に去年の夏迄、大原ゆりって娘がいたのを覚えていますか

……」

半次は尋ねた。

「ああ。行方知れずになった娘なら覚えていますよ」

「どんな娘でした……」

「どんなって詳しくは知りませんが、病で寝たきりの浪人の父親を抱え、仕立物なんかをして暮らしていましたが、父親が亡くなった後、不意にいなくなって

……」

「不意にですか……」

「ええ。家賃も溜まっていなく、借金もなく。家の中も綺麗に片付けられていましてね。仕立物の仕事をしていた呉服屋の者たちが捜したそうですが、南の御番所のお役人さまが怪しい処《ところ》や妙な事はないと仰《おっしゃ》って。で、それっ切りになりましたよ」

「綺麗に片付けてですか……」

家を綺麗に片付けていなくなったと云う事は、自分の意志で行方知れずになったと思われる。

「ええ……」

店番は頷いた。

「じゃあ、不意にいなくなった理由や何処に行ったかは……」

「結局は分かりませんよ」

「そうですか。じゃあ、仕立物の仕事をしていた呉服屋ってのは……」

「確か神田鍋町の方の呉服屋だと聞いた覚えがあるけど、屋号までは……」

店番は首を捻った。

「分かりませんか……」

半次は眉をひそめた。

呉服屋『大角屋』の賑わいは続いていた。

半兵衛と音次郎は、呉服屋『大角屋』の表に佇《たたず》む遊び人の常八を見張っていた。

呉服屋『大角屋』から手代《てだい》が現れ、常八に何事かを告げた。

常八は苦笑し、呉服屋『大角屋』の前から神田八《や》ツ小路《こうじ》に向かった。

手代は、常八を見送った。

「旦那……」

音次郎は、半兵衛に出方を窺った。

「うん。ちょいと追ってみな……」

半兵衛は命じた。

「はい……」

音次郎は、蕎麦屋から出て行った。

「父っつあん、あの手代、誰かな……」

半兵衛は、常八を見送って店に戻って行く手代を示した。

「ああ。彼奴《あいつ》は手代の伊助《いすけ》ですよ」

「伊助か。どんな奴かな……」

「中々《なかなか》のしっかり者、抜け目のない奴ですよ」

老亭主は苦笑した。

「しっかり者で抜け目のない奴ねえ……」

半兵衛は、小さな笑みを浮かべた。


元浜町の裏通りに古い六地蔵があり、裏に小さなお地蔵長屋があった。

半次は、六地蔵に手を合わせ、お地蔵長屋の木戸を潜《くぐ》った。

井戸端では、若いおかみさんが幼い子供を遊ばせながら洗濯をしていた。

「ちょいとお尋ねしますが……」

半次は、若いおかみさんに声を掛けた。

「はい……」

若いおかみさんは、怪訝《けげん》な面持《おもも》ちで洗濯の手を止めた。

「去年の夏迄、此処《ここ》で暮らしていた大原ゆりって娘の事ですが……」

「おゆりちゃんの事……」

若いおかみさんは眉をひそめた。

「ええ。ゆりって娘、どうして長屋から不意にいなくなったのか、御存知ですか……」

「いいえ。私は何も知りません」

若いおかみさんは、洗濯を終えて辺りを片付け、遊んでいた幼い子供を連れて家に戻って行った。

取り付く島もない……。

半次は戸惑った。

何故だ……。

大原ゆりの不意の失踪の裏には、何かが潜んでいるのだ。

若いおかみさんは、それを知っていながら口を噤《つぐ》んでいる。

半次は読んだ。

神田川では猪牙舟《ちょきぶね》が櫓《ろ》を軋《きし》ませていた。

遊び人の常八は、神田八ツ小路を抜けて昌平橋《しょうへいばし》を渡った。

昼から遊びに行くのか……。

音次郎は尾行《つけ》た。

行き先は、神田明神の盛り場か……。

音次郎は、明神下の通りから神田明神の門前町に進む常八を追った。

神田明神門前町の盛り場は、連なる飲み屋が開店の仕度に忙しかった。

常八は、連なる飲み屋の奥に進み、小さな飲み屋に入った。

音次郎は見届けた。

小さな飲み屋は、表の掃除もされていなく胡散臭《うさんくさ》さが漂っている。

音次郎は、辺りに聞き込みを掛ける相手を捜した。


「出涸《でが》らしだよ……」

元浜町の木戸番の老爺《ろうや》は、半次に茶を差し出した。

「すまないな。で、父っつあん、ゆりはどんな娘だったんだい……」

「そりゃあ、おゆりちゃんは、気立ての良い働き者で、しっかりした器量好《きりようよ》しだ」

老爺は眼を細めた。

「器量好しねえ……」

「ああ……」

「じゃあ、男がいたのかな……」

半次は訊いた。

「男がいたかどうかは分からないが、言い寄っていた男は大勢いたぜ……」

老爺は苦笑した。

「言い寄っていた男、どんな奴かな……」

「どんな奴って。遊び人からお店者。お侍から若旦那。いろいろだ」

「へえ、若旦那ってのは、何処の若旦那かな」

「確か呉服屋の若旦那だと聞いた覚えがあるけど、詳しくは知らないな……」

老爺は首を捻った。

「呉服屋の若旦那か……」

おそらく、神田鍋町の呉服屋『大角屋』の若旦那の新助なのだ。

半次は読んだ。

「ああ。おゆりちゃんが不意にいなくなった後、捜し廻っている奴らがいてね……」

「捜し廻っている奴ら……」

半次は眉をひそめた。

「ああ。そいつら、どうやら呉服屋の若旦那に頼まれて捜していたようだ」

「呉服屋の若旦那に頼まれて……」

「ああ……」

老爺は頷いた。

当時、呉服屋『大角屋』の若旦那の新助は、不意に姿を消したゆりを人を使って捜した。だが、見付からなかったのだ。

「それにしても若旦那、随分、ゆりに惚れていたんだな」

「ああ……」

老爺は苦笑した。

呉服屋『大角屋』の若旦那の新助は、不意に姿を消したゆりを人を雇って捜す程、惚れていたのだ。

半次は知った。

日が暮れた。

神田鍋町の通りは行き交う人も減り、連なる店は次々に大戸を閉めた。

呉服屋『大角屋』も大戸を閉めていた。

裏に続く路地から手代の伊助が現れ、辺りを見廻して足早に神田八ッ小路に向かった。

半兵衛が、老亭主に見送られて斜向かいの蕎麦屋から現れた。

「父っつあん、長々と邪魔したな……」

「いいえ。お気を付けて……」

半兵衛は、老亭主に見送られて手代の伊助を追った。


神田明神門前の盛り場は賑わい、酔客と酌婦《しやくふ》の笑い声と嬌声《きようせい》が響き始めた。

盛り場の奥の小さな飲み屋は、明かりが灯されているが暖簾《のれん》は出されていなかった。

音次郎は、見張り続けていた。

小さな飲み屋は『梅《うめ》や』と云う屋号であり、おこんと云う年増《としま》の女将《おかみ》が営んでいた。そして、おこんには黒崎平七郎《くろさきへいしちろう》と云う名の浪人の情夫《おとこ》がいた。

音次郎は、近所に聞き込みを掛けて知った。

飲み屋『梅や』には、遊び人の常八が訪れたままだった。

此のまま動かないのか……。

音次郎は、引き上げ時を考えた。

若い男が、盛り場の賑わいをやって来た。

音次郎は、物陰に隠れた。

若い男は、小さな飲み屋『梅や』に入った。

音次郎は見届けた。

「あの店に入ったのか……」

半兵衛が現れた。

「旦那……」

音次郎は、半兵衛に駆け寄った。

「大角屋の手代の伊助だ……」

「手代の伊助……」

音次郎は、飲み屋『梅や』を振り返った。

「ああ。昼間、大角屋の前で遊び人の常八と逢っていた手代だ。で、常八、此処にいるのか……」

「はい。屋号は梅や。おこんって年増が女将で、黒崎平七郎って浪人が情夫だそうです」

音次郎は、聞き込んだ事を報せた。

「で、遊び人の常八と大角屋の手代の伊助が来ているか……」

「はい……」

音次郎は頷いた。

「そうか……」

半兵衛は、飲み屋『梅や』を厳しい面持ちで見詰めた。

二

囲炉裏《いろり》の火は燃えた。

五徳《ごとく》に掛けられた鳥鍋は、湯気を昇らせ始めた。

「そうか。大角屋の若旦那の新助。去年、不意に姿を消したゆりを捜し廻ったか……」

半兵衛は、半次の報せを聞き終えた。

「はい。尤《もつと》も人を雇って捜させたようですがね……」

「そして、今年になってゆりに贈った百合の花の透かし彫りの銀簪を見付け、再びゆりを捜し始めたか……」

半兵衛は読んだ。

「ま、そんな処《ところ》ですかね……」

半次は頷いた。

「して、半次。ゆりが不意に姿を消したのは何者かに連れ去られたか、それとも……」

「旦那、ゆりには借金もなく、住んでいた元浜町の長屋も綺麗に片付いていたそうです」

半次は告げた。

「じゃあ、何者かに無理矢理連れ去られた訳じゃあないか……」

半兵衛は読んだ。

「はい。おそらくゆりは、自分から不意に姿を消したと思われます」

「自分からね……」

「はい」

「証拠、何かあるのかな」

「そいつが、住んでいた元浜町のお地蔵長屋の若いおかみさん、何かを知っているようなんですが、何も知らないと……」

　半次は眉をひそめた。

「何も知らないか……」

「ええ。余計な事は云わない。そんな風に感じました」

　半次は読んだ。

「そうか……」

　半兵衛は、酒を飲んだ。

「で、旦那の方は……」

「そいつなんだがね。呉服屋大角屋の若旦那の新助、真面目で商売熱心と評判は良すぎる程でな……」

　半兵衛は苦笑した。

「へえ。そうなんですか……」

　半次は、微《かす》かな戸惑いを浮かべた。

「うむ。だが、常八って遊び人が彷徨《うろつ》いていて、手代の伊助ってのが、どうやら連《つる》んでいるようだ……」

「大角屋の手代の伊助ですか……」

「抜け目のない、しっかり者だそうだ……」

「神田明神の盛り場に梅やって飲み屋がありましてね。そこで遊び人の常八と落ち合っていましたよ」

音次郎は、鳥鍋の加減を見ながら告げた。

「梅や か……」

「ええ。おこんって年増が女将でしてね。黒崎平七郎って浪人の情夫《おとこ》がいるそうですよ」

音次郎は、出来た鳥鍋を椀に取り分け始めた。

「黒崎平七郎か……」

「ええ。さあ、どうぞ……」

音次郎は、半兵衛と半次に椀に取り分けた鳥鍋を差し出した。

「此奴は美味そうだ……」

半兵衛と半次は、鳥鍋を食べながら酒を飲んだ。

「それで旦那、ゆりが不意に姿を消した裏には、常八や伊助、それに浪人の黒崎平七郎ってのが、拘《かか》わっていますか……」

半次は訊いた。

「未だはっきりとはしないが、おそらく何らかの拘わりはあるだろう。勿論《もちろん》、ゆりに惚れていた若旦那の新助もね……」

半兵衛は、鳥鍋を食べて酒を飲んだ。

「じゃあ……」

「半次は引き続きゆりを追ってくれ。音次郎は若旦那の新助と手代の伊助を見張れ。私は百合の花の透かし彫りの銀簪が見付かった小舟町の古道具屋を当たってみるよ」

半兵衛は、明日からの探索の手筈《てはず》を決めて酒を飲んだ。

西堀留川《にしほりどめがわ》の流れは澱《よど》んでいた。

半兵衛は、小舟町の角にある古道具屋『狸屋』を西堀留川の川端から眺めた。

古道具屋『狸屋』は、店先に大きな狸の置物を置いてあり、店内には所狭しと古道具が並べられていた。

半兵衛は、奥の帳場を透かし見た。

奥の帳場では、置物の狸に良く似た親父が算盤《そろばん》を弾いていた。

「狸屋か……」

半兵衛は苦笑し、古道具屋『狸屋』に向かった。

「邪魔をする……」

半兵衛は、古道具屋『狸屋』に入った。

「此は、いらっしゃいませ……」

古道具屋『狸屋』の親父は、巻羽織《まきばおり》の半兵衛を見て居住《いず》まいを正した。

「やあ。私は北町奉行所の白縫半兵衛と云う者だが……」

「北の御番所の白縫さま。手前に何か……」

親父は、小さな丸い眼を向けた。

「うむ。此の銀簪の事だが……」

半兵衛は、親父に百合の花の透かし彫りの銀簪を見せた。

「ああ。此の銀簪ですか……」

「うむ。此処で売った物だね」

「左様にございます。常八って遊び人が伊助と云う人を連れて来て、買っていった銀簪にございます」

「常八と伊助か……」

おそらく遊び人の常八が見付け、伊助が若旦那の新助がゆりに贈った銀簪と見定めて買っていったのだ。

半兵衛は読んだ。

「はい……」

「して、此の銀簪、何処から仕入れたのかな……」

「はい。此の銀簪は下谷《したや》の質屋《しちや》の質流れの品にございまして……」

「質流れの品……」

誰かが銀簪を質草《しちぐさ》にして金を借り、流してしまったのだ。

「ええ。下谷同朋町《どうぼうまち》の質屋、萬屋《よろずや》さんの質流れの品にございます」

「下谷同朋町の萬屋だね」

「はい……」

親父は頷いた。

「遊び人の常八と伊助もその事は尋ねたね」

「はい……」

半兵衛は睨んだ。

「して、教えた……」

「左様にございますが、それが何か……」

親父は、怯《おび》えを浮かべた。

「いや。お前さんには拘わりのない事だ。邪魔をしたね」

半兵衛は、古道具屋『狸屋』を後にした。


遊び人の常八と手代の伊助は、銀簪が下谷同朋町の質屋『萬屋』の質流れの品だと知り、質入れした者を突き止めに行った筈だ。しかし、呉服屋『大角屋』主の新蔵が、北町奉行所年番方与力の大沢万兵衛に話を持ち込んだ処を見ると、質入れした者は突き止められなかったのだ。

それは何故か……。

半兵衛は読んだ。

何《いず》れにしろ行ってみるしかない……。

半兵衛は、下谷同朋町の質屋『萬屋』に向かった。


呉服屋『大角屋』は繁盛していた。

音次郎は、店内をそれとなく窺った。

若旦那の新助や手代の伊助たちは、女客に着物や反物《たんもの》を見せて商いに励《はげ》んでいた。

音次郎は、斜向かいの蕎麦屋の路地に潜んで呉服屋『大角屋』を見張った。

浜町堀沿いの柳並木は、緑の枝葉を揺らしていた。

元浜町のお地蔵長屋は、おかみさんたちの洗濯の時も過ぎて静けさを迎えていた。

木戸の前の六地蔵の傍には、行商の鋳掛屋《いかけや》の老爺が店を開いていた。

「やあ。父っつあん、精が出るね……」

半次は、鋳掛屋の老爺に声を掛けた。

「ああ、まあな……」

「時々、此処に店を出しているのかい……」

半次は尋ねた。

「兄い、新顔の地廻《じまわ》りかい……」

老爺は、半次に日に焼けた顔を向けた。

「いや。ちょいと訊きたい事があってね」

半次は、懐の十手《じって》を見せた。

「此《これ》は此は……」

老爺は苦笑した。

「去年も此処で店を開いていたのかな……」

「ああ。此処十年、三月毎《みつきごと》に五日間……」

老爺は、釜の底を陽差しに透かし見た。

「じゃあ去年、お地蔵長屋から不意にいなくなった娘の事を知っているかな」

半次は尋ねた。

「おゆりちゃんの事かい……」

老爺は、ゆりを知っていた。

「ああ。知っているんだね」

「一度か二度、鍋の底を直した事があったかな……」

老爺は、釜の底を直す手を止めなかった。

「それだけかい……」

「親分さん、おゆりちゃん、何かお上《かみ》のお世話になるような真似をしたんですかい……」

老爺は、釜の底を直す手を止めた。

「いや。そうじゃあない。おゆりがどうして不意にいなくなったのか、ちょいと知りたくなってね」

「そうですかい……」

「聞く処によると、おゆり、永《なが》の患《わずら》いの浪人の父親の面倒を見ていたそうだが、暮らしは大変だっただろうな……」

「そいつはもう。おゆりちゃん、呉服屋の仕立物を請負い、一生懸命に働いていましたよ」

老爺は眼を細めた。

知っている……。

老爺は、言葉以上にゆりの事を知っている。

半次の勘が囁《ささや》いた。

「で、おゆりに男はいなかったかな……」

半次は訊いた。

「さあね。そんな事迄《まで》は知らねえな……」

老爺は、半次を厳しく一瞥《いちべつ》し、鞴《ふいご》で火を熾《おこ》し始めた。

どうやら、訊いてはならない事を訊いてしまったようだ……。

半次は苦笑した。


下谷広小路は、東叡山寛永寺《とうえいざんかんえいじ》や不忍池《しのばずのいけ》の弁財天《べんざいてん》の参拝客で賑わっていた。

半兵衛は、下谷広小路近くにある下谷同朋町の自身番を訪れ、質屋『萬屋』の場所を尋ねた。

質屋『萬屋』は裏通りにあり、板塀が廻されていた。

板塀の木戸門には、質屋『萬屋』と染め抜かれた長い暖簾が掛かっていた。

「此処か……」

半兵衛は、長い暖簾を揺らして質屋『萬屋』に入った。


質屋『萬屋』の主の勘三郎《かんざぶろう》は、半兵衛を座敷に通した。

「此の銀簪なんだがね……」

半兵衛は、勘三郎に百合の花の透かし彫りの銀簪を見せた。

「ああ。此の銀簪なら確かに手前共の店に質入れされ、流れた品にございます」

勘三郎は、銀簪を検《あらた》めた。

「そうか。して、何処の誰が、いつ質入れしたのかな……」

「はい。少々お待ち下さい」

勘三郎は、帳簿を捲《めく》った。

「ええと。去年の秋、本郷《ほんごう》は菊坂町《きくざかまち》の左官職の佐吉《さきち》さんって方が質入れし、二朱を貸していますが、今年の春に流れ、質流れの品として売りに出しています」

「本郷は菊坂町の左官職佐吉……」

半兵衛は眉をひそめた。

「はい。左様にございます」

勘三郎は頷いた。

ゆりが呉服屋『大角屋』の若旦那新助から贈られた銀簪は、本郷菊坂町の左官職の佐吉と云う男によって質入れされていた。

左官職の佐吉とは、ゆりとどのような拘わりのある男なのだ。

何れにしろ、ゆりの身辺に男が浮かんだ。

半兵衛は、微かな緊張を覚えた。

「して、私と同じ事を訊きに来た者がいた筈だが……」

半兵衛は、勘三郎に笑い掛けた。

「は、はい……」

「遊び人の常八と呉服屋の手代の伊助だね」

「左様にございます」

勘三郎は、半兵衛が知っているのに戸惑ったように頷いた。

「して、本郷菊坂町の左官職の佐吉の事を教えたのかな……」

「はい。此の銀簪の持ち主の娘が行方知れずになり、親に頼まれて捜していると云うので教えましたが……」

勘三郎は、困惑を浮かべた。

「そうか……」

半兵衛は知った。

遊び人の常八と呉服屋『大角屋』の手代の伊助は、銀簪を質入れした者が本郷菊坂町に住む左官職の佐吉と知り、駆け付けた筈だ。

だが、呉服屋『大角屋』主の新蔵が北町奉行所年番方与力の大沢万兵衛に話を持ち込んだのは、常八と伊助が左官職の佐吉を見付けられなかったからなのだ。

半兵衛は読んだ。

「処《ところ》でその左官職の佐吉、どんな奴だったか覚えているかな……」

「さあ、何分《なにぶん》にも去年の秋、質入れの時に逢っただけですので……」

勘三郎は眉をひそめた。

「覚えていないか……」

半兵衛は頷いた。

「はい……」

勘三郎は、申し訳なさそうに告げた。

「そうか。いや、いろいろ助かったよ」

半兵衛は微笑んだ。


行商の鋳掛屋の名は喜多八《きたはち》、此処十年以上三月に一度、五日程は六地蔵の傍で店を開いており、辺りの者の評判は良く、信用されていた。

半次は、喜多八がゆりについて何か知っていると感じた。

喜多八は、六地蔵の傍で釜や鍋の修理を続けていた。

若いおかみさんが、古い鍋を持ってお地蔵長屋から出て来た。

ゆりについて口を噤んだ若いおかみさんだ。

「喜多八のおじさん……」

若いおかみさんは、喜多八に近付いた。

「おう。おかよちゃん……」

喜多八は、笑顔で若いおかみさんを迎えた。

「此のお鍋、穴が空いているようなの……」

おかよと呼ばれた若いおかみさんは、喜多八に古い鍋を見せた。

喜多八は、古い鍋を受け取って陽差しに翳《かざ》した。

おかよと喜多八、そしてゆりは親しい間柄だったのかもしれない。

半次は読んだ。


「白縫さま、菊坂町に佐吉って左官職人はおりませんね……」

菊坂町の自身番の店番は、町内名簿を何度も見ながら半兵衛に告げた。

「やっぱりね……」

半兵衛は、湯呑茶碗を置いた。

「して、左官職の佐吉を捜して来たのは、私だけじゃあないね」

「えっ……」

店番は、微かに狼狽《うろた》えた。

「常八って遊び人と伊助ってお店者が来た筈だが……」

半兵衛は、店番を厳しく見据えた。

「は、はい……」

店番は項垂《うなだ》れた。

「詳しく話して貰おうか……」

半兵衛は苦笑した。

自身番の店番は、常八に金を握らされて菊坂町の左官職の佐吉がいるかどうか調べ、いないと教えた。

遊び人の常八と手代の伊助は、銀簪を手掛かりにしてゆりの行方を追い、此処で途切れたのだ。

若旦那の新助は、手代の伊助からそれを聞き、父親の新蔵に捜してくれと頼んだ。

若旦那の新助を溺愛《できあい》している新蔵は、日頃から便宜を図ってやっている北町奉行所年番方与力の大沢万兵衛に話を持ち込んだ。

若旦那の新助は、それ程迄にゆりに惚れているのか……。

遊び人の常八と手代の伊助は、若旦那の新助から金を引き出す為にゆりを捜しているのか……。

それとも……。

半兵衛は、様々な場合を読んだ。


左官職の佐吉……。

呉服屋『大角屋』の若旦那新助がゆりに贈った銀簪を質入れし、左官職の佐吉と名乗った男は何者なのだ。

質屋『萬屋』の主の話では、職人なのは間違いない。

何れにしろ、不意に姿を消したゆりの傍には男がいる。

半兵衛は知った。

その男は、何故に本郷菊坂町の左官職の佐吉と名乗ったのか……。

菊坂町の自身番を出た半兵衛は、辺りを見廻した。

菊坂町の通りには人が行き交い、普請場《ふしんば》の槌《つち》や金槌の音などが響いていた。

近くに普請場があるのか……。

半兵衛は、左官職の佐吉と云う偽名から普請場を思い浮かべた。

本郷菊坂町の普請場に通っている左官職の佐吉……。

左官職の佐吉は、本郷菊坂町に住んでいるのではなく、本郷菊坂町の普請場に通っていたのかもしれない。

半兵衛は、自身番に戻った。

「えっ。普請場ですか……」

店番は、戸惑いを浮かべた。

「うむ。去年の秋、菊坂町にあった普請を教えて貰おうか……」

半兵衛は尋ねた。

「菊坂町にあった普請ですか……」

店番は訊き返した。

「うむ。あったなら請負った大工の棟梁《とうりよう》が何処の誰か、調べてくれ……」

半兵衛は、店番を見据えた。

三

浜町堀に夕陽が映えた。

行商の鋳掛屋の喜多八は、鞴などの道具を片付けて店仕舞いを始めた。

半次は見張った。
喜多八は、鋳掛屋の道具を担いで元浜町の六地蔵を離れた。
よし……。
半次は、物陰を出て喜多八を追った。
行商の鋳掛屋喜多八は、浜町堀沿いの道に出て神田川の方に向かった。
半次は追った。

呉服屋『大角屋』は大戸を閉めた。
音次郎は、物陰から見張り続けていた。
遊び人の常八は現れず、手代の伊助も出掛ける事はなかった。
変わった事はないようだ……。
音次郎は、見張りを解こうとした。
呉服屋『大角屋』の裏に続く暗い路地から人影が現れた。
誰だ……。
音次郎は、物陰に隠れて人影を透かし見た。
人影は、羽織を着た若い男だった。

若旦那の新助か……。

音次郎は緊張した。

手代の伊助が、暗い路地から続いて現れた。

「じゃあ……」

伊助は、若旦那の新助を誘《いざな》うように神田八ツ小路に向かった。

「うん……」

若旦那の新助は、手代の伊助に続いた。

何処に行く……。

音次郎は、手代の伊助と若旦那の新助を追った。


入谷鬼子母神《いりやきしもじん》の銀杏《いちょう》の木は、梢《こずえ》を風に揺らしていた。

行商の鋳掛屋喜多八は、鬼子母神の横手にある古い長屋に入った。

半次は、木戸に走って陰から見送った。

古い長屋に連なる家々には、小さな明かりが灯されていた。

喜多八は、鋳掛屋の道具を置いて井戸で手と顔を洗い、暗い家に入った。

僅かな刻が過ぎ、暗い家に明かりが灯った。

喜多八は一人暮らし……。

半次は見定めた。

神田八ツ小路は暗く、行き交う人はいなかった。

若旦那の新助と手代の伊助は、神田川に架かっている昌平橋を渡り、明神下の通りに進んだ。

音次郎は追った。

神田明神の盛り場にある飲み屋『梅や』に行くのか……。

音次郎は読んだ。

新助と伊助は、明神下の通りから神田明神門前町の盛り場に進んだ。

間違いない……。

新助と伊助は、年増の女将おこんと情夫の浪人黒崎平七郎のいる飲み屋『梅や』に行くのだ。

音次郎は、飲み屋『梅や』に向かう新助と伊助を追った。

飲み屋『梅や』は、店に明かりを灯しているが、暖簾は出していなかった。

新助と伊助は、音次郎の睨み通りに飲み屋『梅や』に入った。

遊び人の常八が飲み屋『梅や』から顔を出し、辺りを警戒するように見廻して腰高障子《こしだかしょうじ》を閉めた。

常八が来ており、浪人の黒崎平七郎も店にいる筈だ。

音次郎は睨み、腰高障子の脇に張り付いて店の中の様子を窺った。

男たちと、女将のおこんと思われる女の笑い声が聞こえた。

若旦那の新助は、遊び人の常八や手代の伊助と連《つる》んでいる。

音次郎は戸惑った。

新助は、真面目で仕事熱心だと評判の良い若旦那だ。それが、遊び人の常八や浪人の黒崎平七郎たちと親しげに笑っている。

猫を被《かぶ》っていやがった……。

音次郎は、若旦那の新助の本性を知った。

飲み屋『梅や』からは、賑やかな笑い声が洩れていた。

月番の北町奉行所には、朝から多くの人が訪れていた。

半兵衛は、同心詰所に顔を出して直《す》ぐに出掛けようとした。

「あっ、半兵衛さん……」

当番同心が半兵衛に気が付いた。

「なんだい……」

「大久保さまがお呼びですよ」

当番同心は、気の毒そうに告げた。

「そうか……」

半兵衛は苦笑した。


「お呼びですか……」

半兵衛は、吟味方与力の大久保忠左衛門の用部屋に出向いた。

「おお、半兵衛。ま、入れ、入ってくれ」

忠左衛門は、半兵衛を招いた。

半兵衛は、用部屋に入って忠左衛門と向かい合った。

「して、半兵衛、不意に姿を消したゆりと申す娘、見付かったか……」

忠左衛門は、細い筋張った首を伸ばした。

「いえ。未だです」

「未だ……」

「はい……」

「そうか、未だか……」

忠左衛門は、細い肩を落とした。

「年番方の大沢さまが何か……」

半兵衛は、忠左衛門を見据えて訊いた。

「う、うん。ゆりなる娘、未だ見付からないのかとな……」

「そうですか……」

「うむ。半兵衛、ゆりなる娘、見付かり次第、直ぐに報せてくれとの事だ」

「大沢さまがですか……」

「左様。尤《もっと》も呉服屋の大角屋新蔵に急かされての事だろうが……」

忠左衛門は読んだ。

「大久保さま。大角屋はゆりなる娘を見付けてどうする気ですかね」

「さあて、若旦那の新助が惚れているとなると、嫁に来てくれとでも頼むのかもしれぬな」

忠左衛門は、細い筋張った首を傾けた。

「大久保さま。その若旦那の新助ですが……」

「うむ。真面目で商売熱心、それでゆりに一途《いちず》に惚れている。今時、珍しく純な若旦那だな。うん……」

忠左衛門は、己の言葉に頷いた。

「さあて、そいつはどうですかね」

半兵衛は苦笑した。

「半兵衛、違うのか……」

忠左衛門は白髪眉をひそめた。

「若旦那の新助、腹心の手代と遊び人に銀簪の出処を追わせたが、どうにも分からなくなって父親の新蔵に泣き付いた。日頃から何かと便宜を図っている北町奉行所年番方与力の大沢さまに頼んでくれと……」

半兵衛は、己の読みを告げた。

「半兵衛、ひょっとしたら若旦那の新助、我らを奉公人や取り巻き代わりに、ゆり捜しに使っていると申すか……」

忠左衛門は、細い筋張った首を引き攣らせた。

「ま、今時、珍しい純な若旦那でないのは確かでしょうな」

半兵衛は苦笑した。

「ならば半兵衛、新助は猫を被っていると申すのか……」

忠左衛門は、白髪眉を逆立《さかだ》てた。

「かもしれませんな。では……」

半兵衛は座を立った。


入谷鬼子母神の境内《けいだい》では、近所の幼い子たちが楽しそうに遊んでいた。

半次は、古い長屋の木戸から喜多八の家を窺った。

家の前には、鋳掛屋の道具が置いてあった。

喜多八は家にいる……。

半次は睨み、張り込みを始めた。

僅かな刻が過ぎた。

喜多八が現れた。

半次は見守った。

喜多八は、鋳掛屋の道具を担いで古い長屋を出た。

今日も元浜町のお地蔵長屋に行くのか……。

半次は、喜多八の後を尾行《つけ》た。

喜多八は、入谷鬼子母神の脇を通って山下《やました》に出た。そして、南の下谷広小路ではなく東に向かった。

東に進めば浅草《あさくさ》がある。

行き先は浅草なのか……。

半次は、微かな緊張を覚えた。

神田佐久間町《さくまちょう》の大工『大宗《だいそう》』の作業場では、若い大工たちが材木を切り、鉋《かんな》を掛けていた。

「どうぞ……」

大工『大宗』の棟梁宗吉《そうきち》は、縁台《えんだい》に腰掛けている半兵衛に茶を淹《い》れて差し出した。

「すまないね。戴くよ……」

半兵衛は、茶を飲んだ。

「で、去年の秋ですか……」

「うむ。本郷は菊坂町で家を建てていたね」

「ええ。米屋の普請を請負っていましたよ」

「そうか。米屋を建てていたか……」

半兵衛は、湯呑茶碗を置いた。

「はい。それが何か……」

「うむ。その普請に左官職の佐吉ってのはいなかったかな」

「左官職の佐吉ですか……」

宗吉は眉をひそめた。

「うむ。どうだ……」

「さあて、左官職の佐吉ねえ。うちの普請場にはいなかったと思いますが……」

「そうか。いなかったか……」

「ええ。白縫の旦那、あの頃、菊坂町にはもう一つ、普請場がありましたよ」

「普請場がもう一つ……」

半兵衛は眉をひそめた。

「ええ。浅草は元鳥越町《もととりごえまち》の大工大松《だいまつ》さんが請負っている普請場ですよ」

「元鳥越町の大工大松か……」

半兵衛は頷いた。

呉服屋『大角屋』の表には反物を積んだ大八車《だいはちぐるま》が着き、手代や小僧が人足たちと荷下ろしをしていた。

音次郎は、斜向かいの蕎麦屋から見張った。

店内では、若旦那の新助や手代の伊助たちが忙しく客の応対をしていた。

昨夜、若旦那の新助は、手代の伊助や遊び人の常八、浪人の黒崎平七郎と不忍池の畔《ほとり》にある料理屋で酒を楽しみ、寺の賭場《とば》で博奕《ばくち》遊びをし、亥《い》の刻四つ（午後十時）過ぎには呉服屋『大角屋』に帰った。

音次郎は見届けた。

そして、若旦那の新助は、今朝もいつもと変わらずに仕事をしている。

良い玉だ……。

音次郎は、若旦那の新助の強《したた》かさと油断のなさに感心した。

浅草山谷堀《さんやぼり》は、下谷三ノ輪町《みのわまち》から新吉原《しんよしわら》の前を抜け、浅草金龍山下瓦町《きんりゅうざんしたかわらまち》と浅草今戸町《いまどちょう》の間から隅田川に流れ込んでいる。そして、金龍山下瓦町と今戸町の間を流れる山谷堀には今戸橋が架かっていた。

喜多八は、今戸橋の今戸町側の袂《たもと》に鋳掛屋の店を開いた。

半次は見張った。

喜多八の許には、近所のおかみさんたちが鍋や釜を持って来た。

ひょっとしたら、集まって来るおかみさんの中に不意に姿を消したゆりがいるのかもしれない。

半次は、鍋や釜を持って来るおかみさんたちを見張った。


鳥越明神裏の元鳥越町に大工『大松』はあった。

半兵衛は、大工『大松』を訪れた。

「去年の秋、本郷菊坂町ですか……」

大工『大松』の棟梁松五郎《まつごろう》は、怪訝な面持ちで訊き返した。

「うむ。普請をしていたと訊いたが……」

「ええ。菊坂町で米屋の御隠居さまの別宅の普請をしていましたが……」

松五郎は頷いた。

「その時の左官職に佐吉ってのはいなかったかな……」

半兵衛は尋ねた。

「左官の佐吉ですか……」

「ああ……」

半兵衛は待った。

「いましたよ。左官職の佐吉……」

「いたか……」

半兵衛は、思わず声を弾《はず》ませた。

「ええ……」

松五郎は頷いた。

銀簪を質屋『萬屋』に質入れした本郷菊坂町の左官職の佐吉だ。

半兵衛の勘が囁いた。

「して、左官職の佐吉、家は何処かな……」

「そいつが白縫さま、左官職の佐吉、今年の正月、卒中《そっちゅう》で逝《い》っちまいましてね」

松五郎は、哀しげに告げた。

「卒中で逝った……」

半兵衛は眉をひそめた。

「ええ。何分にも酒の好きな父っつあんでしたからね。寒い朝、厠《かわや》で倒れてそれっきりだった。腕は良かったんですがねえ……」

松五郎は、懐《なつ》かしそうに告げた。

「左官職の佐吉、歳は幾つだったのかな……」

「六十歳丁度でしたよ……」

「六十歳丁度か……」

左官職の佐吉は、六十歳丁度の酒好きの父っつぁんだった。

違う……。

卒中で死んだ左官職の佐吉は、銀簪を質入れした左官職の佐吉ではない。

おそらく、何者かが左官職の佐吉の名を騙《かた》って銀簪を質入れしたのだ。

半兵衛の勘が囁いた。

そして、そいつは佐吉の身近にいる……。

「松五郎の棟梁、死んだ佐吉と親しかった者はいないかな」

半兵衛は尋ねた。

「うむ……」

「佐吉の父っつぁんと親しかった奴ですか……」

「さあて……」

松五郎は眉をひそめた。

「棟梁、只今《ただいま》、戻りました」

三十歳前後の大工が、二人の若い大工を従えて戻って来た。

「おう。戻ったかい……」

「はい。近江屋《おうみや》さんの手直し、無事に終わりましたよ」

大工は、半兵衛に会釈をして松五郎に報告した。

「御苦労だったな。そうだ、半七《はんしち》。お前、正月に卒中で死んだ左官の佐吉と親しかった奴、誰か知らないかな……」

「佐吉さんと親しかった奴ですか……」

半七と呼ばれた大工は、眉をひそめた。

「ああ。白縫さま、こいつは小頭《こがしら》の半七と申しましてね。去年の菊坂町の普請を仕切った者です」

松五郎は、半兵衛に小頭の半七を引き合わせた。

「小頭の半七です……」

半七は、日に焼けた引き締まった顔に微かな戸惑いを浮かべて挨拶《あいさつ》をした。

「私は北町奉行所の白縫半兵衛、左官職の佐吉と親しかった者を知っていたら教えてくれないかな」

「はい。ですが、佐吉さんと親しかった者となると……」

半七は首を捻った。

「心当たりないかな……」

「はい。佐吉さんは、あっしたちより歳もずっと上で、酒好きだったもので……」

半七は、困惑を浮かべた。

「そうか……」

「お役に立てず、申し訳ありません」

半七は詫びた。

「いや。詫びるには及ばない。造作を掛けたね」

「いいえ。じゃあ旦那、棟梁……」

半七は、半兵衛と松五郎に会釈をして材木を刻んでいる若い大工たちの処に行った。

左官職の佐吉の名を騙って銀簪を質入れした者は浮かばなかった。

「白縫さま……」

「うむ。松五郎の棟梁、いろいろ造作を掛けたね。礼を云うよ」

半兵衛は、棟梁の松五郎に礼を云って大工『大松』の作業場を後にした。

もし、左官職の佐吉の名を騙って銀簪を質入れした者がいたなら、半兵衛が来たのを見て何らかの動きを見せるかもしれない。

半兵衛は、大工『大松』から出て来る者がいるかどうか、見張る事にした。


浅草今戸橋の袂の鋳掛屋喜多八の店は、鍋釜、鉄瓶などを持ったおかみさんたちが訪れていた。

半次は見張った。

今の処、訪れるおかみさんたちの中に、不意に姿を消したゆりと思われる女はいない。

半次は、喜多八の店を訪れるおかみさんたちを見張った。

若い女が、古い鍋を持って喜多八を訪れた。

喜多八は、若い女を親しげに迎えて言葉を交わした。

ゆりか……。

半次は見守った。

喜多八は、若い女から古い鍋を受け取って検めた。そして、厳しい面持ちで何事かを告げ、古い鍋を返した。

若い女は、緊張した面持ちで古い鍋を受け取り、会釈をして喜多八の傍を離れた。

よし……。

半次は、若い女を追った。

僅かな刻が過ぎた。

半兵衛は、大工『大松』の作業場を見張った。

大工『大松』の作業場からは、金槌や鋸《のこぎり》や鑿《のみ》を使う音がしていた。

作業場から大工が出て来た。

誰だ……。

半兵衛は眉をひそめた。

出て来た大工は、小頭の半七だった。

半兵衛は緊張した。

小頭の半七は、道具箱を担いで足早に新堀川《しんぼりがわ》に向かった。

半兵衛は追った。

四

隅田川の流れは深緑色だった。

古い鍋を持った若い女は、隅田川沿いの浅草今戸町の路地奥の小さな家に入った。

半次は見届け、浅草今戸町の自身番に向かった。


「ああ。あの家は大工大松の棟梁の松五郎さんの持ち家でしてね。今は大松の小頭の半七さんって大工が住んでいますよ」

今戸町の店番は、町内名簿も見ずに告げた。

「大工大松の小頭の半七さん……」

半次は眉をひそめた。

「ええ……」

「で、大工の半七さん、おかみさんか妹でもいるんですかい……」

「ああ。おかみさんがいますよ」

「おかみさん、名前は……」

「確か、おゆりさんって名前だったと思いますが……」

店番は告げた。

「おゆり……」

半次は思わず訊き返した。

「ええ……」

「間違いありませんね」

半次は念を押した。

「ええ……」

店番は、戸惑った面持ちで頷いた。

不意に姿を消したゆりがいた……。

ゆりは、浅草今戸町の片隅で大工の半七と所帯《しょたい》を持って暮らしていた。

半次は知った。

浅草広小路は賑わっていた。

大工の半七は、元鳥越町から浅草広小路を横切って隅田川沿いの花川戸町《はなかわどまち》に入った。
半兵衛は尾行《つけ》た。
半七は、隅田川沿いの道を花川戸町から今戸町に進んだ。
隅田川沿いの道に行き交う人は少なかった。
半兵衛は、慎重に尾行た。
大工の半七は、隅田川沿いの道を進んで家並みの路地に入った。
半兵衛は、路地の入り口に走り、奥を窺った。
大工の半七は、路地の奥の小さな家に入った。
半兵衛は見届けた。
さあて、どうする……。
半兵衛は、辺りを見廻した。
通りから半次が現れた。
「おう。半次じゃあないか……」
「こりゃあ、旦那……」

半次は、戸惑いを浮かべた。

「こんな処で何をしているんだ」

「不意に消えた大原ゆりがいましたよ」

半次は、小さく笑った。

「ゆりが……」

「はい。旦那は……」

「うむ。銀簪を質入れしたと思われる大工を追って来た」

「大工……」

「うむ……」

「旦那、その大工、名は半七って云うんじゃありませんか……」

「ああ、半七だ……」

半兵衛は頷いた。

「やっぱり……」

「半次……」

半兵衛は、路地を示した。

半次は、半兵衛の示した路地を見た。

半七と風呂敷包みを抱えたおゆりが、路地から出て来た。

「旦那、ゆりです……」

半次は、緊張を浮かべて囁いた。

「よし……」

半兵衛は、半七とおゆりの前に進んだ。

半次は、素早く背後に廻った。

半七とおゆりは、半兵衛と半次に気が付いて立ち竦《すく》んだ。

「大原ゆりだね……」

半兵衛は、ゆりに笑い掛けた。

「は、はい……」

ゆりは、怯えを滲ませて頷いた。

「白縫さま……」

半七は、ゆりを庇《かば》うように前に出て土下座した。

「お見逃し下さい。おゆりを見逃してやって下さい。お願いにございます」

半七は、額《ひたい》を地面に擦《こす》り付けて頼んだ。

「半七、見逃すも何も、私は大原ゆりが何故、不意に姿を消したか知りたいだけだよ」

半兵衛は微笑んだ。

「白縫さま……」

「ゆり、教えてくれるかな……」

「そ、それは……」

ゆりは、迷い躊躇《ためら》った。

「ゆり、私はお前が悪事を働いたり、罪を犯しているとは思ってはいない。しかし此《これ》以上、逃げ隠れせずに暮らす為には、何もかも話した方が良い筈だ。違うかな……」

半兵衛は、静かに告げた。

「お役人さま、私は、私は呉服屋大角屋の若旦那の新助が恐ろしかったのです」

ゆりは、半兵衛に訴えた。

「若旦那の新助が恐ろしかった……」

半兵衛は眉をひそめた。

「はい……」

ゆりは、恐ろしそうに震えた。

「新助がか……」

「はい。他の人より仕立物代を良くしてくれたり、いろいろ便宜を図ってくれたり、死んだ父に高貴薬《こうきやく》をくれたり、私に誂え物の銀簪をくれたり……」

「此の銀簪だね……」

半兵衛は、百合の花の透かし彫りの銀簪を出して見せた。

「は、はい……」

ゆりは、銀簪を恐ろしそうに一瞥して恐怖に震えた。

「俺が、俺が金欲しさに質入れしたばかりに、こんな事……」

半七は悔んだ。

「やはり、半七だったか。して、ゆり、若旦那の新助が恐ろしくなったか……」

「白縫さま、おゆりは若旦那から逃げられなくなると思い、恐ろしくなったんです」

半七は、半兵衛に縋《すが》る眼を向けた。

「逃げられなくなる……」

「はい。若旦那はおゆりを義理と人情と金で縛り付け、逃げられなくするつもりだったのです。ですから、おゆりは逃げたんです」

半七は訴えた。

「旦那……」

半次は眉をひそめた。

「うむ……」

若旦那の新助は、様々な手立てで人を絡《から》め取って思い通りにする冷酷で狡猾《こうかつ》な蜘蛛《くも》のような男なのだ。

半兵衛は知った。

「でも、若旦那は私を捜し、こうしてお役人さま迄……」

ゆりの頬に涙が流れた。

「案ずるな、ゆり。私たちは行方知れずになったお前の無事と居所を突き止めるだけでね。お前を新助の許に連れて行く訳じゃあない」

半兵衛は笑った。

「白縫さま……」

ゆりと半七は、戸惑いを浮かべた。

「ゆり、此処で又、逃げ隠れしたら生涯、身を潜めて暮らさなければならなくなる。半七、ゆりを護《まも》ってやりたいのなら、もう逃げ隠れさせちゃあならない

「……」

半兵衛は、ゆりと半七を厳しく見据えた。

「おのれ、大角屋新助……」

大久保忠左衛門は、半兵衛から事の次第を聞き、細い首の筋を引き攣らせた。

「大原ゆりが不意に姿を隠した裏には、そうした新助に対する恐ろしさがあったのです」

半兵衛は、厳しい面持ちで告げた。

「ならば半兵衛、新助は本性を隠して、我ら北町奉行所に大原ゆりを捜させたのだな」

忠左衛門は怒りを露《あら》わにした。

「ええ。北町奉行所も随分と嘗《な》められたものですな……」

半兵衛は苦笑した。

「おのれ。して、半兵衛。此の始末、どうつける……」

「それなのですが、若旦那の新助、大原ゆりの居場所を知ってどうするのか……」

半兵衛は眉をひそめた。

「うむ……」

「先《ま》ずは、そいつを見定めて、どう始末をつけるか決めます」

半兵衛は、皮肉っぽく笑った。

「ならば、儂《わし》はどうすれば良い……」

「大原ゆりの居場所が分かったと、年番方与力の大沢万兵衛さまに御報せ下さい」

半兵衛は笑った。

呉服屋『大角屋』に小者が入って行った。

「旦那、北町奉行所の小者の茂平《もへい》さんが大角屋に入って行きました」

音次郎は、半兵衛に告げた。

「ほう。茂平が大沢さまの使いで来たか……」

半兵衛は読んだ。

「ええ。きっと……」

音次郎は頷いた。

北町奉行所の小者の茂平は、手紙を届けたのか、直ぐに帰って行った。

半兵衛と音次郎は、呉服屋『大角屋』を見張り続けた。

手代の伊助が『大角屋』から出て来た。

「手代の伊助です……」

「よし。おそらく黒崎平七郎と遊び人の常八の処に行く筈だ。追ってみな」

半兵衛は命じた。

「合点です。じゃあ御免なすって……」

音次郎は、手代の伊助を追った。

半兵衛は、音次郎を見送って路地を出た。

陽は西の空を染め始めた。


隅田川を行き交う船は、船行燈《ふなあんどん》の明かりを流れに映していた。

浅草今戸町は、夜の静けさに覆《おお》われていた。

隅田川沿いの道を四人の男がやって来た。

四人の男は、今戸町の木戸番、呉服屋『大角屋』の手代の伊助、遊び人の常八、浪人の黒崎平七郎だった。

木戸番は、家並みの路地の入り口で立ち止まった。

「大工の半七さんの家は、此の路地の奥の左手の家ですよ」

木戸番は教えた。

「そうですか。助かりました……」

伊助は、木戸番に素早く小粒《こつぶ》を握らせた。

「此奴はすみませんねえ。じゃあ、あっしは此《これ》で……」

木戸番は、嬉しげに小粒を握り締めて足早に立ち去った。

「此の路地の奥の左手の家か……」

黒崎は、暗い路地の奥を覗いた。

「ええ……」

「どうします」

常八は眉をひそめた。

「一緒にいる大工は俺が始末する。常八と伊助はおゆりを連れ出せ」

黒崎は、薄笑いを浮かべて段取りを告げた。

「承知……」

常八と伊助は、狡猾に笑いながら頷いた。

「じゃあ、行くぞ……」

黒崎は、路地の奥に進んだ。

常八と伊助は続いた。

音次郎が物陰から見送った。

「野郎……」

「音次郎……」

半次が背後に現れた。

「親分。今、伊助の野郎が黒崎や常八と……」

音次郎は報せた。

「ああ。行くぜ……」

半次と音次郎は、十手を握り締めた。

小さな家は暗かった。

常八は、小さな家の腰高障子の隙間から匕首《あいくち》を差し込み、心張棒《しんばりぼう》を外しに掛かった。

黒崎平七郎と伊助は見守った。

常八は、匕首を巧みに動かして心張棒を外した。
伊助は、緊張した顔で腰高障子を引いた。
腰高障子は音もなく開いた。
「よし……」
黒崎は、小さな家の暗い三和土《たたき》に踏み込んだ。
常八と伊助は続いた。

黒崎は、暗い居間に忍び込んだ。
暗い居間には誰もいなかった。
黒崎は、隣室を窺った。
人の寝息が聞こえた。
黒崎は、冷笑を浮かべて刀を抜いた。
白刃《はくじん》が輝いた。
黒崎は、隣室の襖《ふすま》を開けた。
刹那《せつな》、龕燈《がんどう》の明かりが黒崎の顔に当てられた。
黒崎は、思わず顔を背《そむ》けた。

「やあ……」

半兵衛が、龕燈を手にしていた。

黒崎、伊助、常八は怯《ひる》んだ。

「大角屋の若旦那、新助に頼まれてゆりを拐《かどわ》かしに来たのかい」

半兵衛は笑い掛けた。

「お、おのれ……」

黒崎は、半兵衛に斬り付けた。

半兵衛は片膝立ちになり、抜き打ちの一刀を横薙《よこな》ぎに放った。

閃光が交錯した。

黒崎の右腕から血が飛び、刀が音を立てて落ちた。

半兵衛は、黒崎に刀を突き付けた。

黒崎は、血の滴《したた》る右腕を押さえて凍《い》て付《つ》いた。

伊助と常八は、身を翻《ひるがえ》して逃げようとした。

半次と音次郎が現れ、行く手を塞《ふさ》いだ。

「退《ど》け……」

常八は、匕首を振るった。

半次は、常八の匕首を躱《かわ》し、その肩に容赦なく十手を叩き込んだ。

骨の折れる音がした。

常八は匕首を落とし、悲鳴を上げて仰《の》け反《ぞ》り倒れた。

音次郎は、伊助を蹴倒して捕《と》り縄《なわ》を打った。

「此迄《これまで》だよ。黒崎平七郎……」

半兵衛は囁いた。

黒崎は、悔しげに顔を歪《ゆが》めて項垂れた。

半次が、黒崎に捕り縄を打った。

半七とゆりが、家の奥から強張《こわば》った面持ちで出て来た。

「終わったよ……」

半兵衛は、半七とゆりに笑い掛けて刀に拭《ぬぐ》いを掛けた。

半兵衛は、黒崎平七郎、伊助、常八を厳しく取調べた。

黒崎と常八は口を噤み続けたが、伊助が何もかも吐いた。

呉服屋『大角屋』の若旦那の新助は、大原ゆりを妾《めかけ》に囲おうとした。

その為に、他の者の倍の仕立代を払い、長患《ながわずら》いの父親に高貴薬を買ってやり、何かと便宜を図ってやり、ゆりの名に因《ちな》んだ百合の花の透かし彫りの銀簪を作って贈った。

ゆりは、新助の執拗《しつよう》な遣り方に恐怖を覚え、父親の死を契機に、恋仲だった大工の半七の許に走り、浅草今戸町で所帯を持った。

お地蔵長屋の若いおかみさんや行商の鋳掛屋喜多八の力を借りて……。

そして、新助はゆりに贈った銀簪が古道具屋にあったのを知り、再び手代の伊助や遊び人の常八に捜すように命じた。だが、伊助や常八は、ゆりを見付けられなかった。

新助は執念深さと狡猾さを発揮し、父親を通じて北町奉行所年番方与力の大沢万兵衛に頼み込んだ。

半兵衛は、新助の執拗さと狡猾さに呆れて罠を仕掛けた。

新助は、大原ゆりの居所を知り、手代の伊助に黒崎や常八と大工半七を始末し、ゆりを拐かせと命じたのだ。

大久保忠左衛門は、呉服屋『大角屋』新助の捕縛を半兵衛に命じた。

半兵衛は、半次や音次郎と呉服屋『大角屋』を訪れた。そして、若旦那の新助を大工半七の始末と、ゆりの拐かしを命じた罪で捕らえようとした。

新助は、真面目で仕事熱心な仮面を棄てて本性を露わにし、醜《みにく》く抗《あらが》った。

半兵衛は、新助を容赦なく叩きのめしてお縄にした。

忠左衛門は、若旦那の新助、浪人の黒崎平七郎、手代の伊助、遊び人の常八を遠島《えんとう》の刑に処し、呉服屋『大角屋』を闕所《けっしょ》にした。

ゆりと大工半七は、浅草今戸町の路地奥の小さな家で慎《つつ》ましく暮らし続けた。

「良いんですかい旦那。ゆりが不意にいなくなって世間を騒がせたり、半七が他人の名を騙って銀簪を質入れした事の一切、お咎《とが》めなしで……」

音次郎は眉をひそめた。

「音次郎、世の中には俺たち町奉行所の者が知らん顔をした方が良い事もあるさ……」

半兵衛は苦笑した。

隅田川から吹く川風は、柔《やわ》らかで穏やかだった。

第二話　古傷痕《ふるきず》

一

湯島天神《ゆしまてんじん》は参拝客で賑《にぎ》わっていた。

北町奉行所臨時廻り同心白縫半兵衛は、岡っ引の本湊の半次や下っ引の音次郎と一緒に市中見廻りに出て、湯島天神境内《けいだい》の茶店で一息入れた。

茶は美味《うま》かった。

半兵衛は、茶を飲みながら参拝客を眺《なが》めた。

参拝客たちは、次々と本殿に手を合わせていた。

湯島天神の本殿の左手前には、左右両側に様々な紙の貼られた四尺程の石碑があった。

石碑の正面には『奇縁氷人石《きえんひょうじんせき》』、右側に『たつぬるかた』、左側に『をしふるかた』と彫られていた。

奇縁氷人石とは、男女の縁を求める者や迷子を捜す者などが願い事を書いた紙を『たつぬるかた』に貼り、心当たりのある者が返事を書いて『をしふるかた』に貼る。つまり、縁を仲立ちする氷人石なのである。

半兵衛は、奇縁氷人石の『をしふるかた』に貼られた紙を検《あらた》めている粋《いき》な形《なり》の年増《としま》に気が付いた。

粋な形の年増は、熱心に貼られている何枚もの紙を検めていた。

半兵衛は眺めた。

「誰か捜しているんですかね……」

半次は、奇縁氷人石を検めている粋な形の年増を見詰める半兵衛に話し掛けた。

「うむ。人を捜しているのか、物を探しているのか。何《いず》れにしろ、その返事があるかどうか探しているのだろう」

半兵衛は、粋な形の年増を見守った。

粋な形の年増は、『をしふるかた』に貼られた紙を検め終えて肩を落とした。

「探し物の返事はなかったようですね」

半次は読んだ。

「うむ……」

半兵衛は頷《うなず》いた。

粋な形の年増は、胸元から紙を出して『たつぬるかた』に貼り付け、奇縁氷人石に手を合わせて女坂《おんなざか》に向かった。

「追ってみますか……」

半次は、半兵衛の出方を窺《うかが》った。

「頼む。私は貼った紙を検める」

「はい。音次郎……」

半次は、音次郎を従えて粋な形の年増を追って女坂に急いだ。

半兵衛は、本殿脇の奇縁氷人石に向かった。

奇縁氷人石の左右には、何枚もの紙が貼られていた。

半兵衛は、右側の『たつぬるかた』に粋な形の年増が貼った真新しい紙を見た。

『たつぬるかた』に貼られた真新しい紙には、『尋ね人。名は秀次郎《ひでじろう》、歳は三十、背丈は五尺六寸。左眉《ひだりまゆ》上に一寸程の傷痕《きずあと》あり。居所《いどころ》知りたし。つた』と女文字で書かれていた。

粋な形の年増の名は〝つた〟であり、左眉の上に一寸程の傷痕のある秀次郎と云う名の三十男を捜している。

半兵衛は知った。

つたと秀次郎は、どのような者たちであり、どんな拘《かか》わりなのか……。

半兵衛は気になった。


不忍池の水面は煌《きら》めいていた。

粋な形の年増は、女坂から不忍池の畔《ほとり》に出て西に進んだ。

半次と音次郎は尾行《つけ》た。

不忍池の西には茅町《かやちょう》があり、越後《えちご》国高田《たかだ》藩江戸下屋敷や加賀《かが》国金沢《かなざわ》藩江戸上屋敷などがある。

粋な形の年増は、不忍池の畔を西に進んだ。そして、茅町二丁目の裏通りにある黒板塀に囲まれた古い家に入った。

「音次郎……」

「はい……」

音次郎と半次は、黒板塀に囲まれた古い家に近付いた。

黒板塀に囲まれた古い家は静けさに覆《おお》われていた。

半次と音次郎は、黒板塀に囲まれた古い家を眺めた。

「じゃあ、ちょいと見張っていてくれ」

半次は告げた。

「はい。自身番ですか……」

音次郎は、半次が粋な形の年増の名と素性《すじよう》を調べに自身番に行くと読んだ。

「いや。木戸番に行った方が良いだろう」

半次は笑い、音次郎を見張りに残して木戸番に向かった。


「ああ、あの黒板塀に囲まれた家に住んでいる年増ですかい……」

中年の木戸番は戸惑いを浮かべた。

「ああ。名前、何て云うんだい……」

「おつたさんですよ」

「おつた……」

「はい。芸者上がりの三味線《しゃみせん》のお師匠さんですよ」

中年の木戸番は告げた。

「名前はおつた、芸者上がりの三味線のお師匠さんか……」

「はい。親分さん、おつたさん、どうかしたんですかい……」

木戸番は薄笑いを浮かべた。

「ああ、ちょいとな。で、おつた、誰と暮らしているんだい」

「飯炊《めした》きの婆さんと二人暮らしですよ」

「情夫《おとこ》、いないのかな……」

「いない事はないでしょうが、一緒には暮らしちゃあいませんよ」

「そうか。飯炊きの婆さんと二人暮らしか……」

半次は知った。

「ええ……」

「で、おつた、どんな評判なんだい……」

「評判ですか……」

「ああ……」

「まあ、評判が良いってこともなきゃあ、悪いって程でも……」

「ないか……」

半次は苦笑した。

「ええ。おつたさん、余り出歩かないようでしてね」

「そうか……」

粋な形の年増の名はおつた、芸者上がりの三味線の師匠で飯炊き婆さんとの二人暮らし。そして、隣近所の評判は良くもなければ悪くもない。

半次は知った。


名前は秀次郎、歳は三十、背丈は五尺六寸、左眉の上に一寸程の傷痕……。

半兵衛は、北町奉行所に戻ってお尋ね者の人相書《にんそうがき》を検めた。

人相書に書かれたお尋ね者の中には、名前は秀次郎、歳は三十、背丈は五尺六寸、左眉の上に一寸程の傷痕のある男に該当する者はいなかった。

「ならば……」

名はともかく、歳や背丈や左眉の上に一寸程の傷痕のある男だ。

半兵衛は、再び人相書を検めた。だが、やはり該当する者はいなかった。

お尋ね者じゃあない……。

半兵衛は見定めた。

ならば、只《ただ》の人捜しなのか……。

半兵衛は読んだ。

「旦那……」

半次と音次郎が戻って来た。

「おう。戻ったか……」

半兵衛は迎えた。


小料理屋は客で賑わっていた。

半兵衛、半次、音次郎は、衝立《ついたて》で仕切られた小上がりで酒を飲み、飯を食べていた。

「茅町二丁目に住んでいるおつた。芸者上がりの三味線の師匠か……」

半兵衛は酒を飲んだ。

「ええ、飯炊きの婆さんと二人暮らしです」

半次は、半兵衛に酌《しやく》をし、己の猪口《ちよこ》に酒を満たした。

「情夫《おとこ》はいないのか……」

「そいつは、はっきりしません……」

「そうか……」

「で、旦那、おつたが奇縁氷人石に貼った紙には何と……」

「うむ。男を捜していたよ」

「男……」

半次と音次郎は眉をひそめた。

「ああ。名前は秀次郎、歳は三十、背丈は五尺六寸、左眉の上に一寸程の傷痕のある男でね。おつたは居所を知りたがっている」

半兵衛は酒を飲んだ。

「何者ですかね……」

音次郎は、浅蜊《あさり》のぶっかけ飯を食べる箸《はし》を止めた。

「お尋ね者にはいなかったよ」

半兵衛は、手酌で酒を飲んだ。

「じゃあ、おつたが帰って来ない情夫《おとこ》でも捜しているんですかね」

音次郎は首を捻《ひね》った。

「それとも、亭主か兄弟か……」

半次は酒を飲んだ。

「何《いず》れにしろ、今の処《ところ》は事件に拘わりはなさそうだな」

半兵衛は、小料理屋の女将《おかみ》に酒と肴《さかな》を注文した。


翌日。

半兵衛は、半次や音次郎と市中見廻りに出た。そして、湯島天神に立ち寄り、奇縁氷人石を検めた。

『たつぬるかた』に貼られたおったの紙はそのままであり、『をしふるかた』にその返事は貼られていなかった。

「返事、ありませんね」

音次郎は見定めた。

「うん。変わりないね……」

半兵衛は頷いた。

「ええ。秀次郎を知っている者は、どうやらいませんか……」

半次は読んだ。

「うむ……」

「返事のある貼り紙なんて、余りないんでしょうね」

音次郎は眉をひそめた。

「きっとね。ま、あったとしても冷やかしや、からかいが多いだろうな……」

半兵衛は頷き、半次や音次郎と湯島天神から不忍池に向かった。


不忍池から下谷広小路、そして浅草に抜けて蔵前《くらまえ》の通りから両国《りようごく》広小路に出て、外濠《そとぼり》に架かっている呉服橋《ごふくばし》御門内の北町奉行所に戻る。

半兵衛、半次、音次郎は、幾つかある見廻りの道筋の一つを進んだ。


半兵衛、半次、音次郎は、下谷広小路から新寺町《しんてらまち》の通りを浅草に向かった。

新寺町の左右には多くの寺が並び、門前町が連なっていた。

寺の門前町を進んで新堀川を渡ると東本願寺《ひがしほんがんじ》になり、浅草広小路へと続く。

半兵衛、半次、音次郎は、新堀川に架かる小橋に差し掛かった。

「旦那、親分……」

音次郎が、新堀川沿いにある小さな古寺を示した。

小さな古寺の前には様々な人が集まり、眉をひそめて囁《ささや》き合っていた。

「音次郎……」

半次は、音次郎に見て来るように促《うなが》した。

「はい……」

音次郎は小橋を下り、新堀川沿いの道に走り、人の集まっている小さな古寺に入って行った。

そして、直《す》ぐに駆け戻って来た。

「どうした……」

半次は眉をひそめた。

「旦那、親分、人が殺されているそうです」

音次郎は告げた。

「なに……」

半兵衛と半次は、小さな古寺に急いだ。

小さな古寺の境内には経が響いていた。

本堂の脇には、自身番の店番や番人、寺男たちが恐ろしそうに経の聞こえる裏を窺っていた。

半兵衛、半次、音次郎が入って来た。

「此《こ》は白縫さま……」

自身番の店番は、安堵《あんど》を浮かべて半兵衛たちを迎えた。

「やあ。仏は本堂の裏かな……」

半兵衛は、店番に訊いた。

「はい。左様にございます」

店番は頷いた。

半兵衛は、経の聞こえてくる本堂の裏に進んだ。

半次と音次郎は続いた。


本堂の裏には雑木林と雑草が生い茂っており、着流しの痩《や》せた浪人が倒れていた。

傍《かたわ》らで経を読んでいた老住職は、半兵衛たちに気が付き、合掌《がっしょう》を解いて立ち上がった。

「御苦労さまです。私は北町奉行所の白縫半兵衛。こっちは岡っ引の本湊の半次と音次郎です」

「此の高安寺《こうあんじ》住職の良庵《りようあん》です」

半兵衛と老住職は挨拶を交わした。

「ならば、仏を……」

半兵衛は、半次や音次郎と着流しの痩せた浪人の死体を検めた。

浪人の死体は、既に硬くなっていた。

「殺されたのは昨夜から今朝方に掛けてだな」

半兵衛は読んだ。

「はい。旦那……」

半次は、浪人の死体の血塗《ちまみ》れの腹を示した。

血塗れの腹には、刃物で突き刺されて抉《えぐ》られた傷が残っていた。

「腹を一突きにして抉っていますね」

半次は眉をひそめた。

「うむ。殺しに手慣れた奴の仕業《しわざ》だな……」

半兵衛は睨《にら》んだ。

「ええ。おそらく。で、刀がありませんね」

半次は、浪人の腰の空の鞘《さや》を示した。

「うむ……」

浪人の死体の傍に刀はなかった。

「探してみます」

音次郎は、雑木林と生い茂る雑草の中に刀を探した。

「して、仏さんが何処《どこ》の誰か分かっているのかな……」

半兵衛は、恐ろしげに見守っている自身番の店番と番人に尋ねた。

「時々、見掛ける顔ですが、何処の誰かは知りません」

店番と番人は、首を横に振った。

「そうか……」

半兵衛は、浪人の持ち物を検めた。

懐から古い財布と手拭《てぬぐい》が出て来た。

古い財布には、僅《わず》かな文銭と二枚の小判が入っていた。

「旦那……」

半次は眉をひそめた。

「ああ。似合わない大金を持っていたか……」

半兵衛は苦笑した。

「って事は……」

「二両もの大金の出処《でどころ》を追えば、仏さんの名と素性が分かるかもな」

「ええ……」

半次は頷いた。

「刀、ありませんね……」

音次郎が戻って来た。

「ないか……」

「はい。何処にも……」

音次郎は頷いた。

「刀がない処をみると、他の場所で斬り合って刺され、此の高安寺に逃げ込んで事切れたようだね」

半兵衛は読んだ。

「刺されたのは、他の場所ですか……」

音次郎は眉をひそめた。

「ああ。此の近くだと思うが、仏さんの刀もそこにあるだろうな」

「分かりました。じゃあ、刺された場所、探してみます……」

「うむ……」

「じゃあ、あっしは仏さんの名前と身許《みもと》を追ってみます」

半次は告げた。

「頼む……」

半次と音次郎は、高安寺の本堂裏から出て行った。

「さあて、仏を運んでやるか……」

半兵衛は、自身番の店番や番人に声を掛けた。


二両もの金を持った浪人……。

おそらく浪人は、誰かに何かを頼まれて二両の金を手に入れたのだ。

半次は読み、金龍山浅草寺《せんそうじ》裏にある地廻《じまわ》り『観音《かんのん》一家』を訪れた。そして、親方の重吉《じゅうきち》に逢った。

「痩せた着流しの浪人ですか……」

重吉は眉をひそめた。

「知っているようだな……」

「親分、痩せた着流しの浪人なんか、掃《は》いて棄《す》てる程いますぜ」

重吉は苦笑した。

「だが、心当たりはある。そうだな……」

半次は、重吉を厳しく見据えた。

「親分、その痩せた着流しの浪人、人でも殺しましたか……」

「いや。殺されたんだよ」

半次は、厳しい面持ちで告げた。

「殺された……」

重吉は驚いた。

「ああ……」

半次は頷いた。

「親分、若い者の話じゃあ、今朝から篠崎源之丞《しのざきげんのじょう》って浪人の姿が見えないようだよ」

重吉は告げた。

「篠崎源之丞……」

半次は知った。

「ああ……」

「どんな奴だ……」

「金の為なら何でも引き受けるって浪人だぜ」

「金で何でも引き受ける……」

半次は眉をひそめた。

「ああ。逃げた犬探しから人殺し迄《まで》ね……」

重吉は笑った。

おそらく高安寺の本堂裏で死んでいた浪人は、篠崎源之丞に間違いない。

半次は睨んだ。

「そうか。で、その篠崎源之丞、塒《ねぐら》は何処だい……」

「さあて、何処だか……」

「知らないのか……」

「ああ。賭場《とば》や馴染《なじみ》の飲み屋に蜷局《とぐろ》を巻いているがな」

「じゃあ、蜷局を巻いている馴染の飲み屋ってのを教えて貰おうか……」

半次は苦笑した。

二

新堀川の流れは浅く、煌めいていた。

腹を匕首《あいくち》で刺されて遠く迄、逃げられる筈《はず》はない……。

音次郎は、瘦せた着流しの浪人が高安寺近くで刺されたと睨み、新堀川沿いの道に争った跡と血痕を探した。

新堀川沿いの道は多くの人が行き交っており、争った跡は容易に見付からなかった。

音次郎は、高安寺傍の小橋から次の小橋迄の間の道を詳しく調べた。

争った痕跡はない……。

音次郎は、次の小橋から高安寺の傍の小橋を振り返った。

高安寺の傍の小橋には、未だ境内の様子を見ている野次馬《やじうま》がいた。

音次郎は、吐息を洩らして新堀川を眺めた。

新堀川の流れは煌めいていた。

音次郎は眺めた。

流れの煌めきに歪《ゆが》みがあった。

歪み……。

音次郎は気付き、眼を細めた。

煌めきの歪みの底に刀があった。

「あっ……」

音次郎は、新堀川に飛び下り、煌めく流れの底にある刀に駆け寄った。

跳ね上げられた水飛沫《みずしぶき》が煌めいた。

音次郎は、流れの底の刀を拾い上げた。

「此処だ……」

音次郎は、痩せた着流しの浪人が刺された場所は次の橋だと睨んだ。

浅草田町《たまち》は金龍山浅草寺の裏、山谷堀と日本堤《にほんづつみ》沿いにあった。

その浅草田町の外れに飲み屋『お多福《たふく》』はあり、篠崎源之丞たち食詰《くいつ》め浪人が屯《たむろ》する店だった。

半次は、飲み屋『お多福』を訪れた。

飲み屋『お多福』は、主《あるじ》の仙造《せんぞう》が掃除をしていた。

「篠崎源之丞……」

仙造は眉をひそめた。

「ああ。何をしていたか知っているかい……」

「篠崎、どうかしたのかい……」

仙造は、微かな嘲《あざけ》りを浮かべた。

知っている……。

仙造は、浪人の篠崎源之丞が誰かに二両の金で何を頼まれたのか知っているのだ。

半次の勘は囁いた。

「仙造、篠崎がどうかしたかは、俺よりお前の方が知っているんだろう」

半次は、仙造を厳しく見据えた。

「親分……」

仙造は、僅かに怯《ひる》んだ。

「仙造、お前も食詰め浪人に蜷局を巻かせて上前《うわまえ》を撥《は》ねる叩けば埃《ほこり》の舞う身体の筈だ。此のまま飲み屋の親父でいるか、それとも島流しか獄門台《ごくもんだい》か、選《よ》り取《ど》り見《み》取《ど》りだ。好きなのを選ぶんだな。同心の旦那と相談して、幾らでも罪科《つみとが》を盛って、望みを叶《かな》えてやるぜ」

半次は、仙造を見据えて冷たく笑った。

「親分、そんな……」

仙造は怯《おび》えた。

「だったら仙造、篠崎源之丞が何をしていたか、勿体《もったい》を付けずに話すんだな」

半次は凄《すご》んだ。

「し、篠崎源之丞は、前金二両、後金三両で遊び人の始末に雇われたと云っていましたぜ」

「遊び人の始末……」

「ええ……」

仙造は頷いた。

篠崎源之丞は、二両の前金を貰って遊び人を始末しようとして逆に刺されたのかもしれない。

半次は読んだ。

「で、その遊び人、何処の何て野郎だ……」

「さあ、そこ迄は……」

「仙造、惚《とぼ》けると為にならねえぜ……」

「惚けるなんて、親分、本当に何処の何て遊び人を始末するのかは聞いていないんですよ」

仙造は、必死な面持ちで訴えた。

「じゃあ、篠崎源之丞に遊び人の始末を頼んだのは、何処の誰だ……」

「そいつも良く分かりませんが、篠崎源之丞、近頃は良く不忍池の笹乃井《ささのい》って料理屋に出入りしていたようです」

仙造は、半次の顔色を窺うように告げた。

「笹乃井に……」

不忍池の畔、仁王門前町《におうもんぜんまち》には確かに料理屋『笹乃井』はある。

「ええ……」

「じゃあ何か、篠崎源之丞、笹乃井で雇主《やといぬし》と逢っていたかもしれねえか……」

半次は読んだ。

痩せた着流しの浪人は、高安寺傍の小橋の次に新堀川に架かっている小橋で刺された。

音次郎は睨み、半兵衛に報《しら》せた。

半兵衛は、小橋の上に佇《たたず》んで辺りを見廻した。

「して、新堀川に刀が落ちていたか……」

半兵衛は、新堀川の流れを眺めた。

「はい……」

音次郎は頷いた。

「音次郎の睨み通りだろう。良くやったな」

半兵衛は笑った。

「は、はい……」

音次郎は、誉められた嬉しさと安堵を滲《にじ》ませた。

「よし。じゃあ昨夜、此の界隈《かいわい》で争いを見た者はいないか、聞き込みを掛けるよ」

半兵衛は、音次郎に命じた。


不忍池中《なか》ノ島《しま》の弁財天には、多くの参拝客が行き交っていた。

その弁財天への道の近くに仁王門前町はあり、料理屋『笹乃井』はあった。

半次は、料理屋『笹乃井』を訪れて女将に逢った。

「浪人の篠崎源之丞……」

女将は眉をひそめた。

「ええ。痩せた着流しの浪人でしてね。此処《ここ》の処《ところ》、何度か笹乃井に来ている筈なんですがね……」

半次は尋ねた。

「親分さん、ひょっとしたら、その篠崎源之丞さん、所謂《いわゆる》、食詰めって浪人ですか……」

女将は、半次に困惑の眼を向けた。

「ええ。来ていますね……」

半次は、女将を見据えた。

「はい。此処の処、時々……」

女将は、篠崎源之丞が来ていた事を認めた。

「誰に逢いに来ていたんですかい……」

篠崎源之丞のような食詰め浪人が一人で料理屋に来る筈はない。

おそらく、誰かに呼ばれて来た筈だ。

半次は読んだ。

「それは……」

女将は躊躇《ためら》った。

「女将さん、迷惑は掛けませんよ」

半次は、親しげに笑い掛けた。

「お願いしますよ。親分さん……」

女将は、釣られたように笑った。

「ええ、約束します」

半次は頷いた。

「篠崎源之丞さんが時々来て逢っていた相手は、茶之湯の宗匠《そうしよう》の小笠原春悦《おがさわらしゆんえつ》さまにございますよ」

女将は声を潜《ひそ》めた。

「茶之湯の宗匠の小笠原春悦……」

半次は眉をひそめた。

「ええ。春悦さまが時々篠崎源之丞さんを呼び付けていましたよ」

「そうですかい。浪人の篠崎源之丞、茶之湯の宗匠の小笠原春悦さんに呼ばれて来ていましたか……」

半次は知った。

「ええ。親分さん、篠崎源之丞さん、どうかしたんですか……」

「殺されましたよ……」

「殺された……」

女将は驚き、素《す》っ頓狂《とんきよう》な声をあげた。

「ええ。昨夜ね……」

「あら、ま。篠崎さん、昨夜、春悦さまと逢っていたのに……」

女将は驚いた。

「昨夜、此処でですかい……」

「ええ……」

女将は頷いた。

「二人はどんな話をしていましたかね……」

殺された篠崎源之丞は、昨夜殺される前に料理屋『笹乃井』で茶之湯の宗匠小笠原春悦と逢っていたのだ。

「さあ、そこ迄は……」

女将は、怯えたように首を傾げた。

「そうですか……」

　半次は頷いた。


　半兵衛と音次郎は、聞き込みを終えて新堀川の小橋で落ち合った。

「どうだ。何か分かったか……」

「それが、夜も更けていた所為《せい》か、見掛けた人はいませんでしたが、此の先の旗本屋敷の中間《ちゅうげん》たちが賽子《さいころ》遊びをしていて、辛《かろ》うじて云い争う男の声を聞いていました」

　音次郎は、新堀川沿いにある旗本屋敷を示した。

「ほう。どんな声だ……」

「はい。騙《だま》しやがったな篠崎、煩《うる》せえ秀《ひで》、って二人の男が怒鳴り合う声がしたそうです」

「騙しやがったな篠崎、煩せえ秀、か……」

　半兵衛は呟《つぶや》いてみた。

「ええ。篠崎ってのが殺された着流しの浪人ですかね……」

　音次郎は読んだ。

「うむ。だとしたなら、殺したのは秀って奴か……」

「はい……」

音次郎は頷いた。

「秀ねえ……」

半兵衛は眉をひそめた。

夕陽は新堀川に煌めいた。


小料理屋に客は少なかった。

半兵衛、半次、音次郎は、互いに摑《つか》んだ事を報せながら酒を飲み飯を食べた。

殺された浪人は篠崎源之丞、金で犬探しから人殺し迄請負う食詰め者だった。

そして、篠崎は〝秀〟と云う名の遊び人の始末を請負い、逆に腹を刺されて殺された。

「して、秀って遊び人の始末を篠崎に金で頼んだのは、おそらく小笠原春悦と云う茶之湯の宗匠か……」

半兵衛は、自分たちの摑んだ事と半次の摑んで来た事を纏《まと》めた。

「はい。間違いないと思います」

半次は頷き、酒を飲んだ。

「そうか。して、茶之湯の宗匠の小笠原春悦は、何処に住んでいるのだ」

半兵衛は、手酌で酒を飲みながら尋ねた。

「笹乃井の女将さんの話じゃあ、神田小泉町《かんだこいずみちよう》だそうです」

「じゃあ、玉池稲荷《たまいけいなり》の近くだな……」

「ええ。明日、朝一番で行ってみます」

「うん……」

「それにしても、茶之湯の宗匠の小笠原春悦、どうして秀って遊び人を殺そうとしているんですかね……」

音次郎は、浅蜊のぶっかけ飯を食べながら首を捻った。

「音次郎、そいつを此から突き止めるんだ」

半次は苦笑した。

「あっ、はい、すみません……」

音次郎は、めげずに浅蜊のぶっかけ飯を食べ続けた。

「それにしても旦那、秀って遊び人、どんな奴なんですかね」

半次は眉をひそめた。

「うむ。金で人殺しを請負う篠崎源之丞を一突きで殺したんだ、只《ただ》の遊び人じゃあないな……」

半兵衛は読んだ。

「ええ。殺しに手慣れた野郎ですか……」

半次は、厳しさを滲ませた。

「うむ。半次、茶之湯の宗匠の小笠原春悦、直ぐに当たるより、身辺を洗い、暫《しばら》く見張った方が良いかもしれないな」

半兵衛は、厳しい面持ちで命じて酒を飲んだ。

玉池稲荷の赤い幟旗《のぼりばた》は風に揺れ、お玉《たま》が池《いけ》には蜻蛉《とんぼ》が飛んでいた。

茶之湯の宗匠、小笠原春悦の家は玉池稲荷の横の小泉町にあった。

半次と音次郎は、板塀で囲まれた仕舞屋《しもたや》を眺めた。

仕舞屋は静かで、出入りする者はいなかった。

「よし、音次郎、ちょいと聞き込みをしてくるぜ」

「はい……」

半次は、音次郎を見張りに残して聞き込みに向かった。

音次郎は、茶之湯の宗匠小笠原春悦の家の見張りに就いた。

「お待たせしました……」

玉池稲荷の境内の茶店の老婆は、店先の縁台に腰掛けている半次に茶を出した。

「おう……」

半次は茶を啜《すす》った。

「婆さん、あの板塀の仕舞屋、茶之湯の宗匠の小笠原春悦さんの家だろう」

半次は、境内の外に見える板塀に囲まれた仕舞屋を示した。

「ええ。そうですよ」

茶店の老婆は、仕舞屋を一瞥《いちべつ》して微かな嘲りを過《よ》ぎらせた。

小笠原春悦に良い感情を持っていない……。

半次は睨んだ。

「で、どうなんだい。小笠原春悦さんの評判は……」

「ま、いろいろですか……」

老婆は、意味ありげな笑みを浮かべた。

「いろいろねえ……」

「ええ。金持ちしか相手にしないとか、好い女には手取り足取りだとか……」

老婆は、蔑《さげす》むように告げた。

「余り良い評判はないか……」

半次は苦笑した。

「ま、茶之湯のお師匠さんなんてそんなもんですよ」

「そうか。で、小笠原春悦、家に茶之湯教授の看板を掲げていないが……」

「ええ。春悦、お武家さまの御屋敷や大店の旦那やお内儀、お嬢さんに出稽古に行くのが専《もっぱ》らだそうですよ」

「へえ。出稽古だけの茶之湯の宗匠か……」

半次は、戸惑いを覚えた。

「ええ。それで金を儲《もう》けて良い暮らしが出来るんだから、羨《うらや》ましい商売ですよ」

老婆は、腹立たしげに告げた。

小笠原春悦は、出稽古だけをする茶之湯の宗匠だった。

茶之湯の宗匠小笠原春悦は出掛ける事もなく、家を訪れる者もいなかった。

音次郎は見張った。
やって来た縞《しま》の半纏《はんてん》を着た男が、小笠原春悦の家の前に立ち止まった。
小笠原春悦の処に来たのか……。
音次郎は、縞の半纏の男を見守った。
縞の半纏の男は、小笠原春悦の家を眺めた。
まさか……。
音次郎は緊張した。
次の瞬間、縞の半纏の男はそそくさと小笠原春悦の家の前から立ち去った。
えっ……。
音次郎は戸惑った。
縞の半纏を着た男は、柳原《やなぎわら》通りの方に足早に立ち去って行った。
音次郎は見送った。
「おう。どうした……」
半次が戻って来た。
「親分……」
「小笠原春悦の家に誰か来たか……」

「そいつが親分、今、縞の半纏を着た野郎が来ましてね。小笠原春悦の家を眺めて行きましたよ」

音次郎は告げた。

「縞の半纏を着た野郎……」

半次は眉をひそめた。

「ええ。背が高く、歳は三十ぐらいの野郎です……」

「顔は見たのか……」

「いいえ。小笠原春悦の家を眺めていましたから……」

「そうか……」

「親分……」

「音次郎、ひょっとしたら篠崎源之丞を殺《や》った秀って奴かもな……」

半次は読んだ。

「俺、後を追ってみます」

音次郎は、柳原通りの方に向かって駆け出した。

「音次郎、無理はするなよ」

半次は、苦笑して見送った。

縞の半纏を着た背の高い男……。

音次郎は、擦《す》れ違《ちが》う者に訊きながら追って柳原通りに来た。

神田川沿いの柳原通りには人が行き交っていた。

音次郎は、柳原通りを見廻した。

柳原通りは東の両国広小路と西の神田八ツ小路を結び、北には神田川に架かっている和泉橋《いずみばし》があった。

縞の半纏の男の姿は、何処にも見えなかった。

既に和泉橋を渡り、神田佐久間町に行ったのかもしれない。

やっぱり遅かったか……。

音次郎は悔しがった。

和泉橋と神田八ツ小路の間には柳森《やなぎもり》稲荷があり、人が出入りしていた。

よし……。

音次郎は、柳森稲荷を覗いてみる事にした。

柳森稲荷の鳥居前には、古着屋、古道具屋、七味唐辛子売りなどが店を開いていた。

音次郎は、柳森稲荷の鳥居前や境内を見廻して縞の半纏の男を捜した。

縞の半纏の男はいなかった。

音次郎は、七味唐辛子売りに近付いた。

「いらっしゃい……」

七味唐辛子売りの親父は、音次郎を迎えた。

「ちょいと尋ねるが、縞の半纏を着た背の高い野郎、見掛けなかったかな」

音次郎は、懐の十手を見せた。

「縞の半纏を着た背の高い男……」

七味唐辛子売りは眉をひそめた。

「ああ、見掛けなかったかな……」

「秀なら八ツ小路に行ったぜ」

七味唐辛子売りは、柳原通りを一瞥した。

「秀……」

音次郎は眉をひそめた。

「ああ。縞の半纏を着た背の高い奴、秀じゃあないのかい……」

七味唐辛子売りは、音次郎に戸惑いの視線を向けた。

「やっぱり、秀だったのか……」

縞の半纏の背の高い男は、半次の睨み通り秀だったのだ。

音次郎は知った。

三

茶の宗匠の小笠原春悦は、家から出て来る事はなかった。

今日、出稽古はないのか……。

半次は見張った。

「おう。どうかな、小笠原春悦は……」

半兵衛がやって来た。

「今の処、動く様子は窺えません」

「そうか。音次郎はどうした」

「縞の半纏を着た背の高い野郎が現れたそうでして、追って行きましたよ」

「縞の半纏を着た背の高い男……」

半兵衛は眉をひそめた。

「はい……」

半次は頷いた。

「旦那、親分……」

音次郎が駆け寄って来た。

「おう。縞の半纏を着た背の高い野郎、見付かったかい……」

半次は尋ねた。

「いえ。野郎は神田八ツ小路で見失ったんですが、名前、親分の睨み通り、秀って云うそうです」

音次郎は告げた。

「秀……」

半兵衛は眉をひそめた。

「旦那……」

「うむ。秀は、小笠原春悦が浪人の篠崎源之丞に自分を狙わせたと気が付き、様子を見に来たのかもしれないな」

半兵衛は読んだ。

「はい……」

半次は頷いた。

「して、音次郎、秀とはどんな奴なんだ……」

「そいつが、見掛けた七味唐辛子売りの親父は、秀と呼ばれている遊び人としか知らないんですよね」

音次郎は、悔しげに告げた。

「縞の半纏を着た背の高い遊び人の秀か……」

「はい……」

音次郎は頷いた。

「半次、音次郎、背の高い秀と聞いて、何か思い出さないか……」

半兵衛は、半次と音次郎に笑い掛けた。

「えっ……」

「尋ね人。名は秀次郎、歳は三十、背丈は五尺六寸……」

半兵衛は告げた。

「ああ。茅町のおつたが奇縁氷人石に貼った紙の……」

半次は思い出した。

「秀は秀次郎、背は高いですね……」

音次郎は意気込んだ。

「うむ。して、左眉の上に一寸程の傷痕だが、あったかな……」

半兵衛は訊いた。

「そいつが顔はまったく見ちゃあいないんですよ」

音次郎は肩を落とした。

「そうか……」

半兵衛は頷いた。

「旦那……」

「うむ、半次、小笠原春悦を頼む。私は音次郎と縞の半纏を着た背の高い秀が、
秀次郎かどうか調べてみるよ」

「承知しました」

半次は頷いた。

「行くよ、音次郎……」

「はい。じゃあ親分、行って来ます」

「ああ。気を付けてな……」

半次は、半兵衛と音次郎を見送り、小笠原春悦の家を見張り続けた。

神田川には荷船が行き交っていた。

半兵衛と音次郎は、神田八ツ小路から神田川に架かっている昌平橋を渡り、湯島天神に向かった。


湯島天神は参拝客で賑わっていた。

半兵衛は、音次郎を伴って本殿脇の奇縁氷人石に近付いた。

奇縁氷人石の『たつぬるかた』には、『尋ね人。名は秀次郎、歳は三十、背丈は五尺六寸。左眉上に一寸程の傷痕あり。居所知りたし、つた』と書かれた紙は貼られていた。

「紙、貼られたままですね」

「うむ……」

半兵衛は、『をしふるかた』を検めた。

貼られた何枚もの紙に、秀次郎を捜す貼り紙の返事と思われる物はなかった。

「返事、ありませんか……」

「うむ。ないようだね」

「じゃあ、どうします」

「よし、おつたの処だ」

「はい……」

半兵衛と音次郎は、不忍池の畔の茅町二丁目にあるおつたの家に向かった。

不忍池の畔には木洩《こも》れ日《び》が揺れていた。

半兵衛は、音次郎に誘《いざな》われて茅町二丁目のおつたの家に向かった。

「あの黒板塀の廻された家です……」

音次郎は、黒板塀の廻された家を示した。

「おつた、あの家で飯炊きの婆さんと二人暮らしなんだな」

半兵衛は、黒板塀の廻された古い家を眺めた。

「はい……」

「よし……」

半兵衛は頷いた。

音次郎は、木戸門を潜って格子戸を叩いた。

「御免下さい。おつたさんはいらっしゃいますか……」

音次郎は、古い家に声を掛けた。

飯炊き婆さんが返事をし、奥から出て来た。

「なんですか……」

飯炊き婆さんは、胡散臭《うさんくさ》そうに音次郎を見廻した。

「おつたさん、いますか……」

「おかみさんならお出掛けですよ」

「出掛けている……」

「ええ……」

「何処に……」

「さあ。知りませんよ、そんな事……」

飯炊き婆さんは、無愛想に云い放った。

「ならば婆さん、秀次郎って背の高い男を知らないかな……」

半兵衛は、音次郎の背後から三和土《たたき》に進み出た。

「こりゃあ、同心の旦那……」

飯炊きの婆さんは、半兵衛に気が付いて作り笑いを浮かべた。

「どうだ婆さん。左眉の上に一寸程の傷痕のある秀次郎だ……」

半兵衛は、飯炊き婆さんを見据えた。

「左眉の上に傷痕のある秀次郎……」

飯炊き婆さんは、半兵衛に思わず訊き返した。

「うむ。知っているな……」

「いいえ、知りませんよ……」

飯炊き婆さんは、微かに嗄《しやが》れ声を震わせた。

知っていて惚《とぼ》けている……。

半兵衛は睨んだ。

「そうか。知らないか……」

「はい……」

飯炊き婆さんは頷いた。

「ならば邪魔をしたな……」

半兵衛は苦笑した。

半兵衛と音次郎は、黒板塀の木戸門を出て斜向《はすむ》かいの路地に入った。

「婆あ、旦那を見て態度を変えやがって……」

音次郎は、黒板塀に囲まれた古い家を腹立たしげに睨み付けた。

「音次郎、おそらく婆さん、動くよ」

半兵衛は読んだ。

「えっ……」

「婆さん、いろいろ知っているようだ」

半兵衛は笑った。


仕舞屋の板塀の木戸門が開いた。

半次は物陰に隠れた。

十徳《じっとく》を着た茶之湯の宗匠が、木戸門から出て来た。

小笠原春悦……。

半次は見定めた。

小笠原春悦は、辺りを警戒するように見廻し、足早に神田川沿いの柳原通りに向かった。

よし……。

半次は尾行《つけ》た。

小笠原春悦は、篠崎源之丞が秀の闇討ちに失敗したのを知っているのか……。

半次は、小笠原春悦の足取りを読んだ。

小笠原春悦の足取りは乱れ、落ち着きがなかった。

怯えている……。

小笠原春悦は、篠崎源之丞が秀の闇討ちに失敗したのを知り、逆に狙われていると思って怯えているのだ。

半次は読み、怯えた足取りで行く小笠原春悦を尾行た。

黒板塀の木戸門から飯炊き婆さんが顔を出し、油断なく辺りを見廻した。

半兵衛と音次郎は見守った。

飯炊き婆さんは、辺りに不審はないと見定めて不忍池の畔に向かった。

「旦那……」

音次郎は、半兵衛を振り返った。

「うむ。気を付けて追いな……」

「はい。じゃあ……」

音次郎は、飯炊き婆さんを追った。

秀次郎は何者なのだ……。

おつたとは、どのような拘わりなのだ……。

半兵衛は見送り、黒板塀に囲まれた家を眺めた。


茶之湯の宗匠の小笠原春悦は、柳原通りを横切って神田川に架かっている和泉橋に向かった。

何処に行くのだ……。

半次は追った。

和泉橋を渡った小笠原春悦は、真っ直ぐ御徒町《おかちまち》に進んだ。

御徒町の組屋敷街には、物売《ものう》りの声が長閑《のどか》に響いていた。

小笠原春悦は、組屋敷街を足早に進んだ。

半次は尾行た。

小笠原春悦は、伊予《いよ》国大洲《おおず》藩江戸上屋敷の横を通り、忍川《しのぶがわ》に架かる小橋の傍の組屋敷の木戸門を潜った。

半次は見届けた。

小笠原春悦は、組屋敷に入ったまま出て来なかった。

誰の屋敷だ。

半次は、辺りを見廻した。

年老いた下男が、斜向かいの組屋敷の前を掃除していた。

半次は、年老いた下男に近寄った。

「やあ。精が出ますね……」

半次は、年老いた下男に懐の十手を見せた。

年老いた下男は掃除の手を止め、半次に怪訝《けげん》な眼を向けた。

「ちょいと訊きたい事がありましてね」

半次は、年老いた下男に素早く小粒《こつぶ》を握らせた。

「なんだい……」

年老いた下男は、小粒を握り締めた。

「あの御屋敷、何方《どなた》の御屋敷ですか……」

半次は、小笠原春悦の入った組屋敷を示した。

「小普請組《こぶしんぐみ》の真山竜之進《まやまりゅうのしん》さまの組屋敷だよ」

年老いた下男は、組屋敷を一瞥して掃除を再開した。

「小普請組の真山竜之進さま……」

「ああ……」

年老いた下男は、掃除を続けた。

「どんな方ですかね」

「遊び人だが、神道無念流《しんとうむねんりゅう》の遣い手だと聞いているよ」

「へえ、それはそれは。で、真山竜之進さま、御家族は……」

「奥方さまがいるが、去年、御実家に帰られたきり、戻って来ないよ」

年老いた下男は苦笑した。

「じゃあ、一人暮らしですか……」

真山竜之進は、奥方に逃げられていたのだ。

「ああ……」

年老いた下男は頷いた。

「そうですか。真山竜之進さま、一人暮らしの遊び人で神道無念流の遣い手ですか……」

茶之湯の宗匠の小笠原春悦は、秀の始末に失敗した篠崎源之丞に代わり、真山竜之進を刺客《しかく》に雇うつもりなのかもしれない。

半次は眉をひそめた。

女坂を上がると湯島天神の東の鳥居に出る。

飯炊き婆さんは、東の鳥居を潜って湯島天神の境内に入った。

音次郎は、飯炊き婆さんを追って湯島天神の境内に進んだ。

飯炊き婆さんは、本殿に慌ただしく手を合わせて奇縁氷人石に向かった。

音次郎は見守った。

飯炊きの婆さんは、奇縁氷人石の『たつぬるかた』に紙を貼り付け始めた。

何だ……。

音次郎は眉をひそめた。

飯炊き婆さんは、奇縁氷人石の『たつぬるかた』に紙を貼り付けて立ち去った。

音次郎は、奇縁氷人石に駆け寄り、飯炊き婆さんの貼った紙を見た。

『秀、やく人がさがしている。おしげ』と書かれていた。

「秀、役人が捜している。おしげか……」

音次郎は、貼られた紙に書かれている事を読んだ。

おしげとは飯炊き婆さんの名であり、秀次郎に対して役人が捜しているとの報せだった。

飯炊き婆さんのおしげは、秀次郎と繋《つな》ぎを取っている……。

音次郎は知った。

秀次郎は、飯炊き婆さんのおしげが貼った紙を見に来るのかもしれない……。

音次郎は読んだ。そして、秀次郎が見に来るのを待つ事にした。

湯島天神は参拝客で賑わった。


不忍池には水鳥が遊んでいた。

半兵衛は、黒板塀に囲まれた古い家を見張っていた。

粋な形の年増が不忍池の畔を来た。

おつたか……。

半兵衛は、不忍池の畔を来る粋な形の年増をおつたと見定めた。

おつたは、不忍池の畔から茅町に入ろうとした。

「やあ、おつただね……」

半兵衛は、粋な形の年増に笑い掛けた。

「は、はい……」

粋な形の年増は立ち止まり、巻羽織の半兵衛を警戒するように頷いた。

睨み通り、おつただった。

「私は北町奉行所の白縫半兵衛……」

半兵衛は名乗った。

「白縫半兵衛さま……」

おつたは、半兵衛を見詰めた。

「うむ……」

「私に何か……」

「秀次郎、何処にいるか分かったのかな……」

半兵衛は、小細工なしに尋ねた。

「えっ……」

おつたは、不意の質問に僅かに狼狽《ろうばい》した。

「秀次郎だよ……」

半兵衛は、懸命に狼狽を隠そうとするおつたを見守った。

「白縫さま、私は秀次郎なんて人、存じませんが……」

おつたは、必死に惚けた。

「そうか、知らないか。一昨夜遅く、篠崎源之丞って浪人に命を狙われた秀次郎だよ」

半兵衛は誘った。

「命を狙われた……」

おつたは驚き、血相を変えた。

「ああ……」

「白縫さま、それで秀さんは、秀次郎は……」

おつたは、半兵衛に縋《すが》る眼差しを向けた。

半兵衛は、狙い通り秀次郎を知り合いだとおつたに認めさせた。

「秀次郎は、襲い掛かった篠崎源之丞を逆に刺し殺して姿を消した」

半兵衛は告げた。

「刺し殺して……」

おつたは、困惑を浮かべた。

「うむ。それで、おつた。お前の処に秀次郎から何か繋ぎはなかったかな……」

半兵衛は、おつたを見詰めた。

「あ、ありません……」

おつたは、硬い面持ちで首を横に振った。

「そうか。して、おつた、秀次郎は誰に何故、命を狙われているのか知っているなら教えてくれないかな」

半兵衛は訊いた。

「存じません。白縫さま、私は何も知りません……」

「おつた、私たちの調べでは、篠崎源之丞は金で雇われて秀次郎を殺そうとした。秀次郎は抗《あらが》い、逆に刺し殺した。今の内なら罪科も軽くなるが……」

半兵衛は、おつたの出方を窺った。

「白縫さま……」

おつたは、哀しげに首を横に振った。

「そうか。ならば、おつた。お前と秀次郎はどんな拘《かか》わりなのかな……」

半兵衛は眉をひそめた。

「半玉《はんぎょく》の頃に知り合った料理屋の板前でしてね。何《いず》れは所帯《しょたい》を持とうと言い交わしたのですが、いろいろありましてね……」

〝半玉〟とは、玉代が半分の一人前ではない芸者を称した。

「別れたのか……」

「ええ……」

おつたは、淋しげに笑った。

惚《ほ》れている……。

おつたは、今でも秀次郎に惚れているのだ。

半兵衛は知った。

「して、秀次郎は今でも何処かの料理屋で板前をしているのかな」

「いいえ。とっくに……」

おつたは、不忍池を眺めた。

不忍池は煌めいた。

「辞めたのか……」

「はい……」

おつたは、煌めく不忍池を眩《まぶ》しそうに眺めた。

「じゃあ、今は何をしているのだ」

「さあ……」

おつたは微笑《ほほえ》み、言葉を濁した。

秀次郎は、他人に云えぬ仕事をしている。

半兵衛は睨んだ。

「おかみさん……」

飯炊き婆さんが、半兵衛に眉をひそめながら不忍池の畔からやって来た。

「あら、何処に行って来たの……」

「ちょいと湯島天神に……」

飯炊き婆さんは、半兵衛を気にした。

「そう。では白縫さま、私は此《これ》で……」

おつたは、半兵衛に会釈をし、飯炊き婆さんと黒板塀に囲まれた家に向かった。

半兵衛は見送った。

四

組屋敷の木戸門が開いた。
半次は見守った。
茶之湯の宗匠の小笠原春悦が、中年の武士と木戸門から出て来た。
中年の武士は、御家人の真山竜之進……。
半次は睨んだ。
小笠原春悦と真山竜之進は、小橋を渡って忍川沿いの道を下谷広小路に向かった。
半次は尾行《つけ》た。
真山竜之進は、神道無念流の遣い手らしく辺りに眼を配り、落ち着いた足取りだった。
殺された篠崎源之丞に代わる秀次郎への新たな刺客……。
半次は見定めた。
小笠原春悦は、どうして秀次郎の命を狙っているのか……。
半次は、それが知りたかった。

小笠原春悦と真山竜之進は、忍川沿いの道から下谷広小路に出た。
小笠原春悦と真山竜之進は、下谷広小路を抜けて仁王門前町に進んだ。
仁王門前町には、小笠原春悦の馴染《なじみ》の料理屋『笹乃井』がある。
笹乃井に行くのか……。
半次は睨んだ。
小笠原春悦と真山竜之進は、料理屋『笹乃井』の暖簾《のれん》を潜った。
睨み通りだ……。
半次は見定めた。

湯島天神には参拝客が行き交っていた。
音次郎は、本殿脇の奇縁氷人石を見張り続けた。
様々な人が、奇縁氷人石に貼られた紙を覗いて行く。
歳は三十、背丈は五尺六寸、左眉の上に一寸程の傷痕……。
音次郎は、秀次郎の人相風体を思い浮かべながら見張った。
秀次郎の人相風体に当てはまる男は、容易に現れなかった。

音次郎は見張り続けた。

「音次郎……」

半兵衛が背後に現れた。

「旦那……」

「どうした……」

「はい。飯炊き婆さんのおしげ、奇縁氷人石に……」

音次郎は、半兵衛に、飯炊き婆さんのおしげが奇縁氷人石に秀次郎宛の紙を貼った事を告げた。

「婆さんが秀次郎に……」

半兵衛は眉をひそめた。

「ええ。役人が捜していると……」

「そうか。婆さんと秀次郎、おつたに内緒で繋ぎを取っているようだな……」

半兵衛は読んだ。

「きっと。それで秀次郎が来るかどうか、見張っているんですが……」

「未だ現れないか……」

半兵衛は、奇縁氷人石を眺めた。

「はい……」

音次郎は頷いた。

縞の半纏を着た背の高い男が、参道をやって来た。

「旦那……」

音次郎は、縞の半纏を着た背の高い男に気が付いた。

「うむ。音次郎、左眉の上に一寸程の傷痕があるかどうか。確かめてみな」

半兵衛は、縞の半纏を着た背の高い男を見詰めながら音次郎に命じた。

「合点です」

音次郎は、軽い足取りで奇縁氷人石に向かった。

半兵衛は見守った。

縞の半纏を着た背の高い男は、本殿に手を合わせて奇縁氷人石に進んだ。

音次郎は、奇縁氷人石の『をしふるかた』に貼られた紙を見ながら、縞の半纏を着た背の高い男を窺った。

縞の半纏を着た背の高い男は、奇縁氷人石の『たつぬるかた』に貼られた紙を見始めた。

音次郎は、それとなく顔を覗いた。

縞の半纏を着た背の高い男の左眉の上には、一寸程の傷痕があった。

秀次郎……。

音次郎は、思わず息を飲んだ。

縞の半纏を着た背の高い男は、秀次郎に間違いなかった。

秀次郎は、飯炊き婆さんのおしげの貼った紙を読んでいた。

音次郎は、奇縁氷人石から離れ、半兵衛の許に戻った。

「どうだった」

「左眉の上に一寸程の傷痕、秀次郎に間違いありません」

音次郎は報せた。

「うむ。やはり秀次郎か……」

半兵衛は、奇縁氷人石の傍にいる秀次郎を眺めた。

秀次郎は、奇縁氷人石から離れて参道を戻った。

「どうします。篠崎源之丞殺しでお縄にしますか……」

音次郎は、半兵衛の指示を待った。

「いや。秀次郎がどうするか見届けるよ」

半兵衛は笑った。

「承知……」

音次郎は、意気込んで頷いた。

秀次郎は、参道を進んで鳥居を潜り、湯島天神から出て行った。

半兵衛と音次郎は追った。

秀次郎は、縞の半纏を翻して門前町を抜けて中坂《なかさか》に曲がり、明神下の通りに向かった。

半兵衛と音次郎は尾行た。

秀次郎は、飯炊き婆さんのおしげと奇縁氷人石を使って繋ぎを取っていた。ならば、おつたの尋ね人の紙も見ていた筈だ。だが、秀次郎はおつたには繋ぎを取らないでいた。

何故だ……。

半兵衛は、疑念を募《つの》らせた。

秀次郎は、背中に西日を受けて中坂を下りて行く。

半兵衛と音次郎は尾行た。

夕陽は不忍池に映えた。

おつたは、黒板塀に囲まれた家を出て、夕陽に煌めく不忍池の畔に佇んだ。

不忍池を眺めるおつたの眼に涙が溢れ、ゆっくりと零《こぼ》れた。

「秀さん……」

おつたは淋しげに呟き、零れる涙を拭《ぬぐ》って夕暮れの不忍池の畔を進んだ。


大禍時《おおまがとき》が訪れた。

秀次郎は、神田川に架かっている昌平橋を渡り、神田八ツ小路から柳原通りに進んだ。

半兵衛と音次郎は追った。

秀次郎は、足早に柳原通りを両国広小路に向かっていた。

迷いのない足取り……。

半兵衛は、秀次郎の足取りを読んだ。

秀次郎は、何かを決意し、何かをしようとしている。

半兵衛は睨んだ。

秀次郎は、何故か茶之湯の宗匠小笠原春悦に命を狙われ、篠崎源之丞を殺し、私たちに追われている。
命を狙われる理由は何か……。
その決着をつけようとしているのか……。
秀次郎は、迷いのない足取りで柳原通りを進んだ。
半兵衛と音次郎は追った。
秀次郎の足取りは、柳森稲荷の前を通り過ぎても変わらなかった。
「旦那、秀次郎、ひょっとしたら玉池稲荷の傍の小笠原春悦の家に行くんですかね」
音次郎は読んだ。
「うむ。きっとな……」
秀次郎は、茶之湯の宗匠小笠原春悦を殺して決着をつける気なのかもしれない……。
半兵衛は読んだ。
神田川に船の明かりが映えた。
不忍池の畔の料理屋は軒行燈《のきあんどん》を灯し、三味線や太鼓の音が洩れていた。

「ありがとうございました」

茶之湯の宗匠の小笠原春悦と真山竜之進は、女将や仲居たちに見送られて料理屋『笹乃井』を後にした。

半次は、物陰から出て追った。

小笠原春悦と真山竜之進は、夜の暗がりを窺いながら下谷広小路に進んだ。

「どうですか……」

「今の処、変わった気配は窺えぬが、油断は出来ぬ……」

真山竜之進は、厳しい面持ちで進んだ。

小笠原春悦は続いた。

警戒している……。

春悦と真山は、秀次郎が襲い掛かって来るのを警戒している。

半次は読んだ。

板塀に囲まれた小笠原春悦の家は暗く、木戸門を叩いても返事はなかった。

小笠原春悦は出掛けている……。

秀次郎は見定め、玉池稲荷の前の暗がりに潜んだ。

半兵衛と音次郎は見守った。

「秀次郎、春悦を殺《や》るつもりなんですかね」

音次郎は眉をひそめた。

「うむ……」

半兵衛は、厳しい面持ちで頷いた。

秀次郎は暗がりに潜み続けた。

夜廻りの木戸番が打つ拍子木《ひようしぎ》の音が、遠くの夜空に甲高《かんだか》く響いていた。

茶之湯の宗匠の小笠原春悦は、真山竜之進と下谷広小路から御徒町を抜け、神田川の北沿いを進んだ。

小泉町の家に帰るのか……。

半次は、慎重に尾行た。

春悦と真山は、神田川に架かっている和泉橋を渡り、柳原通りを横切って松枝《まつがえ》町《ちよう》に進んだ。

戌《いぬ》の刻五つ（午後八時）の鐘が鳴った。

秀次郎は暗がりに潜み、半兵衛と音次郎は見張り続けた。

柳原通りから二人の男がやって来た。

「お武家と町方の者ですかね……」

音次郎は、闇の向こうから来る二人の男を透かし見た。

「うむ……」

半兵衛は、やって来る二人の男を見詰めた。

十徳を着た男と武士……。

半兵衛は、十徳を着た男が茶之湯の宗匠の小笠原春悦であり、武士は用心棒だと睨んだ。

「小笠原春悦と用心棒だな」

半兵衛は囁いた。

「はい……」

音次郎は、緊張に喉《のど》を鳴らした。

小笠原春悦と用心棒の武士は、慎重な足取りで玉池稲荷に差し掛かった。

半兵衛は、秀次郎が潜む暗がりを窺った。

暗がりが揺れ、殺気が湧いた。

拙《まず》い……。
半兵衛は地を蹴った。
次の瞬間、暗がりから秀次郎が飛び出して小笠原春悦に突進した。
秀次郎の握る匕首が煌めいた。
春悦は驚き、立《た》ち竦《すく》んだ。
用心棒の武士が春悦を突き飛ばし、秀次郎に抜き打ちの一刀を放った。
血が飛び、匕首が落ちた。
秀次郎は、斬られた胸元を押さえて倒れた。
用心棒の武士は、鋒《きっさき》から血の滴《したた》る刀で秀次郎に止《とど》めを刺そうとした。
刹那《せつな》、半兵衛が間に跳び込み、用心棒の刀を十手で打ち払った。
音次郎は、倒れている秀次郎を素早く背後に引《ひ》き摺《ず》った。
半兵衛と用心棒の武士は対峙《たいじ》した。
「旦那……」
用心棒の武士の背後に半次が現れた。
「何処の誰かな……」
半兵衛は、半次に尋ねた。

「小普請組の真山竜之進さまですよ」
半次は、冷ややかに告げた。
真山竜之進は、名と素性が割れているのに狼狽《うろた》えた。
「ほう。直参《じきさん》が用心棒とはな……」
半兵衛は、呆れたように苦笑し、十手を帯に挟んだ。
「黙れ……」
真山は、半兵衛に斬り掛かった。
半兵衛は跳び退いた。
真山は、尚《なお》も半兵衛に鋭く斬り掛かった。
半兵衛は踏み込み、僅かに腰を沈めて刀を一閃させた。
閃光が交錯した。
半兵衛は、残心《ざんしん》の構えを取った。
真山は凍て付き、刀を落とした。
斬られた脇腹の着物に血が滲み、音もなく広がった。
半兵衛は、残心の構えを解いた。
真山は、苦しく呻《うめ》いて前のめりに倒れた。

半次が真山に駆け寄った。
真山は気を失っていた。
半兵衛は、板塀の陰で震えていた小笠原春悦を見据えた。
「小笠原春悦……」
半兵衛は呼び掛けた。
春悦は、弾かれたように逃げた。
刹那、おつたが闇から現れ、春悦に体当たりをした。
おつた……。
半兵衛は驚いた。
春悦は腹から血を流し、おつたに抱き付こうとした。
おつたは、咄嗟《とっさ》に身を引いて躱《かわ》した。
春悦は、前のめりに倒れた。
おつたは、呆然《ぼうぜん》とした面持ちで倒れた春悦を見詰めた。
その手には血塗れの匕首が握られ、激しく震えていた。
半兵衛は、腹を刺された春悦の様子を見た。
春悦は、辛うじて息をしていた。

「音次郎、医者だ」

半兵衛は命じた。

「はい」

音次郎は走り去った。

半兵衛は、おつたの手から血に濡れた匕首を取り上げた。

「白縫さま……」

おつたは、半兵衛を見詰めた。

「おつた。秀次郎だ……」

半兵衛は、玉池稲荷の石垣の傍に横たわっている秀次郎を示した。

「秀さん……」

おつたは血相を変え、横たわっている秀次郎に駆け寄った。

「秀さん……」

おつたは、横たわっている秀次郎の顔を覗き込んだ。

「旦那……」

半次は、半兵衛に首を横に振って見せた。

「そうか……」

半兵衛は、秀次郎の死を知った。

「秀さん、秀さん……」

おつたは、返事をしない秀次郎を揺り動かし、取《と》り縋《すが》って泣き伏した。

半兵衛は見守った。

秀次郎は死に、茶之湯の宗匠の小笠原春悦と御家人の真山竜之進は命を取り留めた。

おつたは、半兵衛に何もかも話した。

茶之湯の宗匠の小笠原春悦は、金を貰って人を殺す始末屋《しまつや》の元締《もとじめ》であり、秀次郎は始末屋の一人として働いていたのだ。だが、秀次郎は人殺しの始末屋稼業に嫌気が差し、足を洗って姿を消した。

小笠原春悦は、秀次郎の裏切りを怒った。そして、浪人の篠崎源之丞に秀次郎を見付けて殺せと命じたのだ。

秀次郎は、おつたの身に累《るい》が及ぶのを恐れ、一切の繋ぎを切った。

おつたの無事を知る為、飯炊き婆さんのおしげとだけ繋ぎを取れるようにして……。

秀次郎は、浪人の篠崎源之丞に見付かって襲われ、返り討ちにした。

小笠原春悦は執念深く秀次郎を追い、半兵衛たち役人の手も迫った。

秀次郎は、小笠原春悦を殺して江戸から逃げる事にした。

おつたは、秀次郎を助ける為に小笠原春悦を殺すと決意した。

だが、秀次郎は春悦が新たに雇った真山竜之進に斬られて死んだ。


「おつた、春悦を殺そうと思う迄、秀次郎に惚れていたのか……」

「白縫さま、秀さんは、半玉だった私が、親の借金の形《かた》に宿場女郎に売られそうになった時、何とか助けようとして、金貸しの手下に袋叩きにされて……」

おつたは淡々と告げた。

「秀次郎の左眉の上の傷痕は、その時のものなのかな……」

半兵衛は読んだ。

「ええ。それで秀さんは板前を辞めて……」

おつたは、哀しげに眉をひそめた。

「身を持ち崩したか……」

「はい。私の所為《せい》で……」

おつたの眼に涙が溢れた。

「秀次郎、お前に惚れていたんだな……」

「白縫さま……」

「左眉の上の傷痕は、惚れた証《あかし》か……」

半兵衛は、秀次郎の思いを知った。

おつたの頬に涙が伝った。

始末屋の元締の小笠原春悦は打ち首獄門となり、御家人の真山竜之進には評定所《ひょうじょうしょ》から切腹の沙汰《さた》が下された。

半兵衛は、大久保忠左衛門と相談して、おつたをお咎《とが》めなしで放免した。

「白縫さま……」

おつたは、戸惑いを浮かべた。

「おつた、世の中には私たちが知らん顔をした方が良い事もあってね。秀次郎の菩提《ぼだい》を弔《とむら》ってやるんだな……」

「忝《かたじけの》うございます……」

おつたは啜り泣いた。

半兵衛は微笑んだ。

湯島天神は参拝客で賑わい、本殿脇の奇縁氷人石に貼られた何枚もの紙は、微《そよ》風《かぜ》に揺れていた。

第三話　裏通り

一

雨戸の隙間から差し込んだ朝陽《あさひ》は、障子を白く輝かせた。

半兵衛は眼を覚まし、寝間から縁側《えんがわ》に出て障子と雨戸を開けた。

縁側と寝間に朝陽が一気に溢《あふ》れた。

半兵衛は、全身に朝陽を浴びて大きく背伸びをした。


月番の北町奉行所には、朝から多くの人々が出入りしていた。

「じゃあ、ちょいと顔を出して来る」

半兵衛は、表門脇の腰掛の傍で半次と音次郎に告げた。

「はい。じゃあ此処《ここ》で待っています」

半次と音次郎は、表門脇の腰掛で同心詰所に顔を出しに行く半兵衛を待つ事にした。

「うん……」

半兵衛は、足早に同心詰所に向かった。

「やあ、茂吉《もきち》さん、今日も忙しくなりそうだね……」

半次は、表門脇の潜り戸の傍にいる老門番の茂吉に声を掛けた。

「ああ。半次の親分、ちょいと来てくれ」

老門番の茂吉は、半次を呼んだ。

「なんです……」

半次は、茂吉の傍に行った。

音次郎は続いた。

「彼奴《あいつ》……」

茂吉は、表門前の向かい側に佇《たたず》み、北町奉行所を窺《うかが》っている十三、四歳の若い男を示した。

「未だ十三、四歳の小僧ですね……」

半次は読んだ。

「ああ。昨日も一昨日も来ているんだよ」

茂吉は、十三、四歳の小僧を見詰めた。

「昨日、一昨日も来ている……」

半次は眉をひそめた。

「あぁ。町奉行所に何か用があって来たのはいいが、気後れしているのかな……」

茂吉は読んだ。

「それにしても三日も続けて来ているとは……」

半次は、十三、四歳の小僧を見直した。

小僧は、着物の尻を端折《はしょ》り、股引《ももひき》姿の職人のような形《なり》をしていた。

「ああ。ひょっとしたら、誰かを捜しに来ているのかもしれねえな」

「ええ……」

半次は、小僧を見詰めた。

「何をしているのか、訊いてみますか……」

音次郎は眉をひそめた。
十三、四歳の小僧は、半次たちの視線に気が付いたのか、慌ててその場を離れて呉服橋御門に向かった。

「親分……」

音次郎は戸惑った。

「音次郎、後を尾行《つけ》て何処《どこ》の誰で、何をしているのか突き止めな」

半次は命じた。

「合点《がってん》です」

音次郎は小僧を追った。

「あの小僧、妙な事に巻き込まれていなきゃあいいが……」

茂吉は、心配そうに見送った。

「ええ……」

半次は頷《うなず》いた。

「待たせたな……」

半兵衛が同心詰所から出て来た。

「いえ……」

「あれ、音次郎はどうした……」

半兵衛は、辺りを見廻した。

十三、四歳程の小僧は、呉服橋御門を渡って外濠沿いを一石橋《いちこくばし》に向かった。
音次郎は尾行た。

小僧は、日本橋川に架かる一石橋を渡って尚も外濠沿いを進んだ。

何処に行く……。

音次郎は、慎重に尾行した。

小僧は、神田堀に架かっている竜閑橋《りゅうかんばし》を渡って尚も進んだ。

此のまま進むと神田八ツ小路になり、神田川を渡ると明神下から下谷に抜ける。

小僧は何処に行くのか……。

音次郎は追った。


「ほう、三日も北町奉行所に来ている十三、四歳の小僧か……」

半兵衛は眉をひそめた。

「ええ。それで音次郎に追わせました」

半次は告げた。

「そうか……」

「音次郎は、今日の見廻りの道筋を知っています。小僧の名前や素性《すじょう》を突き止めたら追って来ますよ」

「よし。じゃあ行くか……」

半兵衛は、半次と一緒に北町奉行所の表門を出た。

神田川を行く猪牙舟《ちょきぶね》は、櫓《ろ》の軋《きし》みを響かせていた。

小僧は昌平橋を渡り、神田川沿いを水道橋《すいどうばし》に向かった。

音次郎は尾行た。

小僧は、水道橋の袂《たもと》、水戸《みと》藩江戸上屋敷の前を抜けて小石川《こいしかわ》御門に進んだ。

何処迄《どこまで》行くのだ……。

音次郎は、小僧を追った。

小僧は、神田川に流れ込む江戸川に架かる船河原橋《ふなかわらばし》を渡った。

次は牛込御門《うしごめ》、神楽坂《かぐらざか》だ……。

音次郎は追った。

小僧は、外濠に架かっている牛込御門を背にして神楽坂を上がり始めた。

神楽坂か……。
音次郎は尾行た。
小僧は神楽坂を上がり、善国寺《ぜんこくじ》の隣の肴町《さかなまち》の裏通りに入った。
肴町の裏通りには様々な店が並んでいた。
小僧は、裏通りを進んだ。
並んでいる様々な店の半分は、潰れたのか雨戸を閉めていた。
半纏《はんてん》を着た二人の男が、小僧の前に現れた。
小僧は立ち止まった。
音次郎は、素早く物陰に潜んだ。
「何処に行って来たんだい、直吉《なおきち》……」
半纏を着た二人の男は、からかうように小僧を直吉と呼んだ。
小僧の名前は直吉……。
音次郎は知った。
直吉は、半纏を着た二人の男を睨《にら》み、通り過ぎようとした。
「待ちな……」

半纏を着た男の一人が、直吉の腕を摑んだ。

直吉は、黙ったまま腕を摑んだ手を振り払った。

「直吉、手前《てめえ》……」

半纏を着た男の一人は怒り、直吉を殴り飛ばした。

直吉は、道端に叩き付けられた。

「何だ……」

音次郎は眉をひそめた。

「此の糞餓鬼《くそがき》……」

半纏を着た二人の男は、倒れている直吉を蹴り飛ばした。

直吉は頭を抱えて身を縮め、半纏を着た二人の男の蹴りに堪《た》えた。

行き交う人々や店の者は、恐ろしげに見守った。

野郎、二人掛かりで小僧を……。

音次郎は、半纏を着た男の一人に駆け寄って突き飛ばした。

半纏を着た男は、無様《ぶざま》に倒れた。

「手前……」

残る半纏を着た男は、音次郎に猛然と殴り掛かった。

音次郎は、殴り掛かった残る半纏を着た男の腕を抱え込み、張り飛ばした。

張り飛ばされた半纏の男は、悲鳴を上げて倒れた。

直吉は眼を瞠《みは》った。

突き飛ばされた半纏を着た男が、音次郎に殴り掛かった。

音次郎は躱《かわ》し、その尻を鋭く蹴り飛ばした。

半纏を着た男は、前のめりに顔から倒れた。

「未だ、やるかい……」

音次郎は、半纏を着た二人の男に凄《すご》んだ。

半纏を着た二人の男は、後退《あとずさ》りをして我先《われさき》に逃げた。

「馬鹿野郎が……」

音次郎は見送り、直吉を振り返った。

「大丈夫か……」

音次郎は、直吉に声を掛けた。

「ありがとうございました」

直吉は口元に血を滲《にじ》ませ、汚れた顔で音次郎に礼を述べた。

「いや。どうって事はねえ。それにしても二人掛かりとは質《たち》の悪い野郎共だぜ。

何処の誰だい……」

音次郎は、直吉に笑い掛けた。

「地廻りの毘沙門《びしゃもん》一家の奴らです」

「地廻りの毘沙門一家……」

音次郎は眉をひそめた。

「はい。あの、兄貴は……」

「俺か、俺は音次郎って者だ」

音次郎は名乗った。

「直吉です。俺、直吉ってんです。音次郎の兄貴……」

直吉は、音次郎に笑い掛けた。

「音次郎の兄貴……」

音次郎は苦笑した。

「はい……」

直吉は、嬉しげに頷いた。

「ま、良いか。それより直吉、毘沙門一家の奴ら、いつもちょっかいを出して来るのか……」

音次郎は尋ねた。

「はい。彼奴ら此処ら辺りの店を無理矢理に立ち退かせようと嫌がらせをしているんです」

「立ち退かせようと、嫌がらせ……」

「はい。蕎麦屋に屯《たむろ》してお客に集《たか》ったり、魚屋に買った魚が腐っていたと因縁《いんねん》を付けて暴れたり。商売の邪魔をして立ち退かせているんです」

直吉は、腹立たしげに吐き棄てた。

「じゃあ直吉、お前の店も嫌がらせをされているのか……」

「音次郎の兄貴、おいらは此の先の梅香堂《ばいかどう》って甘味処《かんみどころ》に奉公しているんだよ」

「梅香堂……」

「うん。もう少し行った処にあるんだ」

直吉は、裏通りを進んだ。

音次郎は続いた。

甘味処『梅香堂』は、老舗《しにせ》らしく落ち着いた店構えだった。

直吉は、音次郎を誘《いざな》った。

「お嬢さん、只今、戻りました……」

直吉は、帳場にいた二十歳程の娘に告げた。

「遅いわよ、直吉。お得意様にお団子《だんご》や草餅《くさもち》を届けるのに何刻、掛かっているのよ」

帳場にいた娘は、帳簿を付けながら歯切れ良く云った。

「すみません。ちょいと毘沙門一家の寅《とら》と八《はち》に絡《から》まれましてね……」

「何ですって……」

二十歳程の娘は、帳簿から顔をあげて直吉を見た。

直吉の口元が腫《は》れ、顔は汚れていた。

「大丈夫なの……」

二十歳程の娘は心配した。

「はい。此方《こちら》の音次郎の兄貴に助けて貰ったので……」

直吉は、背後にいた音次郎を引き合わせた。

「それはそれは、直吉が御世話になりまして、ありがとうございました。私は梅香堂のみよにございます」

二十歳程の娘はみよと名乗り、音次郎に深々と頭を下げた。

「いいえ。偶々《たまたま》通り掛かってね。どうって事はありませんよ」

音次郎は苦笑した。

「今、お茶を淹《い》れます。どうぞ、お掛けになって下さい」

おみよは、音次郎に縁台に腰掛けるように勧め、茶を淹れ始めた。

「じゃあ……」

音次郎は、縁台に腰掛けた。

「お嬢さん、親方は……」

「お祖父ちゃんは昼寝をしているわよ」

「そうですか……」

「どうぞ……」

おみよは、音次郎に茶を差し出した。

「戴きます」

音次郎は茶を飲んだ。

「処《ところ》でおみよさん、直吉に聞いたんですが、地廻りの毘沙門一家、此の辺りの店に嫌がらせをして、無理矢理に立ち退かせようとしているそうですね」

音次郎は尋ねた。

「ええ……」

おみよは頷いた。

「此の辺りの店を立ち退かせて、何をしようってんですか……」

「さあ、何をする気なのか、詳しくは未だ何も分からないんですよ」

おみよは眉をひそめた。

「そうですか……」

「お嬢さん、だから早く町奉行所に訴えて毘沙門一家の奴らを懲《こ》らしめて貰わなきゃあ」

直吉は、苛立《いらだ》ちを見せた。

「でも直吉、店を潰された人たちは、毘沙門一家の仕返しが怖くて何も云わないわよ。云わない限り、町奉行所も何も出来ないのよ」

おみよは云い聞かせた。

「でも……」

直吉は、不服げに頬を膨《ふく》らませた。

音次郎は、直吉が北町奉行所表門の前に三日続けて佇んでいた理由を知った。

「で、梅香堂も何か嫌がらせをされたんですかい……」

「ええ。寅や八たちがお団子一本で一刻（二時間）も粘りましてね。他のお客が怖がって……」

「それで、どうしたんですか……」

音次郎は眉をひそめた。

「親方が話を着けて追い返したんです」

直吉は、得意気に告げた。

「へえ。親方が……」

音次郎は感心した。

「きっと、小銭でも握らせたんですよ。直吉、そろそろ午《うま》の刻（正午）だよ。お祖父ちゃんを起こしておいで……」

おみよは、直吉に命じた。

「はい、はい……」

直吉は、奥に入って行った。

「ほんと、危なっかしいんだから……」

おみよは、直吉を心配げに見送った。

「何だか、奉公人と云うより弟のようですね」

音次郎は笑った。

「えっ。ええ、ま、そんなものですか……」

おみよは苦笑した。

「じゃあ、此《これ》で……」

音次郎は、引き上げる潮時に気が付いた。


肴町の木戸番屋は、裏通りの入り口にある自身番の向かい側にあった。

音次郎は、中年の木戸番に懐の十手を見せて聞き込みを掛けた。

地廻り『毘沙門一家』の元締《もとじめ》は、甚五郎《じんごろう》と云う名前だった。

「毘沙門の甚五郎ですかい……」

「ええ……」

「で、甚五郎、裏通りのお店に嫌がらせをして、立ち退かせているそうだけど、知っていますか……」

「ええ。何をする気なのか……」

木戸番は、眉を曇らせた。

音次郎は、木戸番も詳しい事は知らないと見定めた。

「で、甘味処の梅香堂を知っていますね」

「そりゃあもう。旦那で菓子職人の嘉平《かへい》さんと孫娘のおみよちゃん、それに直吉って職人見習の小僧がいますよ」

「嘉平さんですか……」

音次郎は、甘味処『梅香堂』の親方でおみよの祖父の名が嘉平だと知った。

「歳の頃は六十過ぎですか、腕の良い菓子職人ですよ」

「で、孫娘のおみよに奉公人の直吉……」

「ええ。直吉は七、八年前に迷子になって梅香堂の前で泣いていたのを、おみよちゃんが家に入れてやったら、それっきり居着きましてね。嘉平さんには孫のように、おみよちゃんには弟のように可愛がられて、ま、親に棄てられた子供にしては幸せ者ですよ」

「へえ。直吉は棄て子だったのか……」

音次郎は知った。

夕暮れ前の蕎麦屋に客は少なかった。

半兵衛は、半次や音次郎と小上がりの衝立《ついたて》の陰に落ち着き、酒と蕎麦を頼んだ。

音次郎は、半兵衛と半次に十三、四歳の小僧の後を追った結果を報せた。

「そうか。小僧の名は直吉、神楽坂は肴町の甘味処の奉公人か……」

半兵衛は酒を飲んだ。

「はい。でも、さっき話したように奉公人と云っても主の嘉平や孫娘のおみよに可愛がられ、家族のようなもんですよ」

音次郎は、盛り蕎麦を手繰《たぐ》りながら告げた。

「うむ。そして、地廻りの毘沙門一家の嫌がらせの立ち退きか……」

「はい……」

音次郎は、蕎麦を手繰る箸《はし》を止めて頷いた。

「で、立ち退きをさせる理由は、今の処は分からないか……」

半次は、手酌で酒を飲んだ。

「はい……」

「半次、毘沙門の甚五郎が、お店に嫌がらせをして立ち退かせようとしているのは、誰かに頼まれての仕業《しわざ》だろうね」

半兵衛は読んだ。

「誰かに頼まれてですか……」

「ああ。間違いあるまい。音次郎、甚五郎ってのはどんな奴だ」

「そいつは未だです」

「そうか……」

「旦那、未だ訴えは出されていませんが、どうしますか……」

音次郎は、半兵衛の出方を窺った。

「うむ。先ずは毘沙門一家の奴らの、お店への嫌がらせを止めさせ、甚五郎に頼んだ者を突き止めるか……」

半兵衛は酒を飲んだ。

「ありがてえ……」

音次郎は喜び、半兵衛に酌をした。

半兵衛は苦笑した。

「それにしても旦那。地廻りの毘沙門一家の嫌がらせ、肴町の自身番から何の届けもないのは、どうしてですかね……」

半次は首を捻《ひね》った。

「自身番からね……」

「ええ……」

半次は頷いた。

自身番には家主が二人、店番が二人、番人一人の五人が詰める。だが、三畳一間に五人は多いので、略して三人番と云うのもあった。

「半次、その辺りに何かあるかもしれないね……」

半兵衛は、面白そうに笑った。

二

外濠は陽差しに輝いた。

半兵衛は、半次と音次郎を従えて神楽坂を上がった。そして、善国寺を通り過ぎて肴町の裏通りに入った。

裏通りに連なる店は、所々に潰れた店があった。

「毘沙門一家の仕業ですかね……」

半次は読んだ。

「きっとね……」

半兵衛は頷いた。

「旦那、親分……」

音次郎が行く手を示した。

半纏を着た二人の男が、瀬戸物屋に入って行くのが見えた。

「地廻り毘沙門一家の寅と八の野郎です」

音次郎は告げた。

「寅と八……」

半次は眉をひそめた。

「今日は瀬戸物屋に嫌がらせかな……」

半兵衛は読んだ。

「止めて下さい……」

男の悲鳴と瀬戸物の割れる音が、行く手の瀬戸物屋から響いた。

「旦那……」

「うん。音次郎、お前は甘味処の梅香堂に変わった事がないかどうかな……」

半兵衛は命じた。

「はい……」

　音次郎は頷いた。

　半兵衛と半次は、瀬戸物屋に向かった。

　半纏を着た寅は、棚に飾ってあった壺《つぼ》や丼《どんぶり》の瀬戸物を土間に落として割っていた。

「止めて下さい。止めて……」

　瀬戸物屋の主は、やはり半纏を着た八に押さえられながらも必死に止めようとしていた。

「何をしている……」

　半兵衛と半次が店に入って来た。

「お、お役人さま……」

　瀬戸物屋の主は、八の手を振り払って半兵衛に縋《すが》った。

「こりゃあ、旦那、割れない壺を探していましてね……」

　寅と八は、顔を見合わせて嘲笑《ちょうしょう》を浮かべた。

「お役人さま、割れない瀬戸物などありません。それなのに……」

　瀬戸物屋の主は、半兵衛に半泣きで訴えた。

「うむ。お前たち、地廻りの毘沙門一家の寅と八だな……」

半兵衛は、寅と八を厳しく見据えた。

「えっ……」

寅と八は、半兵衛が素性を知っているのに戸惑った。

「主、此奴らが割った瀬戸物、値は幾らになるのだ」

「は、はい……」

「ざっとで良いんですよ」

半次は告げた。

「はい。〆《しめ》て一両三分程です……」

瀬戸物屋の主は告げた。

「一両三分か。よし、お前たちが割った瀬戸物代一両三分と迷惑料で〆て二両、耳を揃えて払って貰おうか……」

半兵衛は笑い掛けた。

「旦那、そいつは無理だ……」

寅と八は、笑って誤魔化《ごまか》そうとした。

次の瞬間、半兵衛は寅の頰を素早く平手打ちにした。

寅と八は怯《ひる》んだ。

「割った瀬戸物代と迷惑料、払えないなら大番屋に来て貰うよ」

半兵衛は告げた。

「じょ、冗談じゃあねえ……」

寅と八は、瀬戸物屋から慌てて出て行こうとした。

「待ちな……」

半兵衛は、先頭の八の鳩尾《みぞおち》に拳《こぶし》を鋭く叩き込んだ。

八は白目を剝《む》き、気を失って崩れ落ちた。

寅は立《た》ち竦《すく》んだ。

「お前たちが代金と迷惑料を払えないと云うなら、毘沙門一家の甚五郎に払って貰うよ」

半兵衛は笑った。

地廻り『毘沙門一家』は大戸を開けていた。

「邪魔するよ」

半兵衛と半次は、気を失った八を寅に背負わせ、地廻り『毘沙門一家』の店土間に入った。

「へい。只今……」

奥から出て来た若い衆は、巻羽織《まきばおり》の半兵衛と半次、そして気を失っている八を背負った寅を見て戸惑った。

「やあ、元締の甚五郎を呼んで貰おうか……」

半兵衛は命じた。

「えっ……」

若い衆は戸惑った。

「元締だ。早く元締に来て貰ってくれ」

寅は苛立った。

「へ、へい……」

若い衆は、慌てて奥に去った。

「神楽坂は地廻りの毘沙門一家か……」

半兵衛は、店土間を見廻した。

土間の長押《なげし》には、丸に『毘』の一字が書かれた提灯《ちょうちん》が並べられていた。

「此は此は旦那……」

赤ら顔で肥《ふと》った初老の男が出て来た。

「おう。お前が毘沙門の甚五郎か……」

半兵衛は、甚五郎を見据えた。

「はい……」

甚五郎は、気を失っている八と背負っている寅を冷ややかに一瞥《いちべつ》した。

「お前の処の寅と八が、瀬戸物屋で売り物の壺や丼などを割ってね。その割った瀬戸物代一両三分と迷惑料、〆て二両、払って貰いに来たよ」

半兵衛は、甚五郎に笑い掛けた。

「旦那……」

甚五郎は暗い眼をした。

「さあ、甚五郎。二両だ。払わないと云うなら、寅と八を大番屋に叩き込むよ」

半兵衛は苦笑した。

「も、元締……」

寅は、甚五郎に縋る眼を向けた。

「大番屋に……」

甚五郎は、半兵衛に暗い眼を向けた。

「うむ。そして、厳しく責め、瀬戸物屋に嫌がらせをしろと命じた者や何故《なにゆえ》の狼藉《ろうぜき》か吐かせてくれる」

半兵衛は、楽しげに笑った。

「旦那……」

甚五郎は、半兵衛を睨み付けた。

「甚五郎、裏通りの者たちを、誰に頼まれて立ち退かせるのかな」

半兵衛は、甚五郎を厳しく見据えた。

甚五郎は、二枚の小判を懐紙に包み、不貞不貞《ふてぶて》しい笑みを浮かべて差し出した。

「旦那、割った瀬戸物代と迷惑料ですぜ」

甚五郎は、半兵衛の問いに答える気はない。

「うむ……」

半兵衛は見定め、二両の紙包みを受け取った。

「旦那は、どちらの……」

甚五郎は、半兵衛を見詰めた。

「私か、私は北町奉行所の白縫半兵衛。甚五郎、話す気になったら北町奉行所に来な。尤《もっと》も暫《しばら》くは私の方から神楽坂に来るがね。ではな……」

半兵衛は、地廻り『毘沙門一家』を出た。

半次は、甚五郎たちを見廻して続いた。

「おい。さっさと下ろして水でも浴びせろ」

甚五郎は、寅に気を失っている八を下ろすように命じた。

寅は、気を失っている八を土間に下ろした。

若い衆は、手桶の水を八に浴びせた。

水は飛沫《しぶき》となって煌《きら》めいた。

「野郎……」

甚五郎は、怒りに顔を醜《みにく》く歪《ゆが》めた。


半兵衛は、半次に二両の金を瀬戸物屋に渡すように命じた。

「で、旦那は……」

「私は町奉行所に訴え出ない自身番に行ってみるよ」

半兵衛は苦笑した。

甘味処『梅香堂』は、女や年寄りの客で賑《にぎ》わっていた。

音次郎は、物陰から甘味処『梅香堂』を見守った。

おみよは客の相手をし、直吉は板場から団子を運んでいた。

変わった様子はない……。

音次郎は見定め、見張りを続けた。


自身番は裏通りの入り口にあった。

半兵衛は、自身番を訪れた。

詰めていた家主の仁兵衛《じんべえ》、店番の政吉《まさきち》、番人の清六《せいろく》は、茶を淹れて半兵衛を迎えた。

「此処は三人番かい……」

半兵衛は茶を啜《すす》った。

「はい。何かあれば残りの二人も直《す》ぐにやって来る事になっております」

家主の仁兵衛は、取《と》り繕《つくろ》うように告げた。

「そうか……」

「はい。それで白縫さま、今日は……」

仁兵衛は、半兵衛に探るような眼を向けた。

「うん。噂《うわさ》を聞いてね」

半兵衛は笑った。

「噂ですか……」

仁兵衛は、店番の政吉と顔を見合わせて微かな緊張を滲ませた。

噂が何か知っている……。

半兵衛は睨んだ。

「うむ。裏通りの店が地廻りの毘沙門一家の連中に嫌がらせをされ、無理矢理に立ち退かされているって噂、聞いていないのかな」

半兵衛は、仁兵衛を見据えた。

「は、はい……」

仁兵衛は、眼を逸《そ》らして頷いた。

「ほう。呉服橋御門内の北町奉行所に迄、聞こえた噂をねえ……」

半兵衛は、驚いて見せた。

「は、はい。申し訳ございません」

仁兵衛は、額に薄く滲んだ汗を拭いながら詫びた。

「ま、良い。処で仁兵衛、肴町で纏《まと》まった土地を探している者はいないかな……」

半兵衛は尋ねた。

「さあ。私は存じませんが、政吉さんはどうですかな……」

仁兵衛は、店番の政吉に話を振った。

「はい。手前も……」

店番の政吉は、困惑した面持ちで首を横に振った。

「知らないか……」

半兵衛は頷き、番人の清六を見た。

番人の清六は、困ったように眼を逸らせた。

半兵衛は苦笑した。

半次は、自身番から出て来た半兵衛に駆け寄った。

「旦那、瀬戸物屋の主、大喜びで旦那にお礼を云っていましたよ」

「そいつは良かった」

「ですが、仕返しを怖がっていましてね。暫《しばら》く店を閉めるそうです」

半次は、瀬戸物屋の主に同情した。

「そうか、気の毒に……」

「で、自身番はどうでした……」

「そいつなんだがね。家主の仁兵衛、店番の政吉、番人の清六、口を揃えて地廻りの毘沙門一家の嫌がらせも立ち退きも知らないと惚《とぼ》けていたよ」

半兵衛は、自身番を眺《なが》めて苦笑した。

「まさか……」

半次は眉をひそめた。

「ああ。そのまさかだ。自身番の連中と毘沙門の甚五郎は裏で繫《つな》がっている……」

半兵衛は読んだ。

「それで、知らぬ振りをして、惚けていますか……」

半次は、微《かす》かな怒りを過《よ》ぎらせた。

「うむ。知らん顔の半兵衛も顔負けの惚け振りだよ」

「それにしても、どうして……」

半次は眉をひそめた。

「半次、家主の仁兵衛と甚五郎の裏には、未だ誰かがいるのかもしれないよ」

半兵衛は睨んだ。

「誰かが……」

半次は、厳しさを滲ませた。

「うむ……」

半兵衛は頷いた。

「で、どうします」

「自身番の家主の仁兵衛がどう動くか、ちょいと見張ってみな。私は音次郎の様子を見て来るよ」

半兵衛は笑った。


甘味処『梅香堂』は客足が途絶えた。

「じゃあ、お祖父ちゃん、直吉、一休みしますよ」

おみよは暖簾《のれん》を外して店に入れ、奥の板場に声を掛けた。

「さあて、一服して昼寝をするか……」

主で菓子職人の嘉平が、煙草盆《たばこぼん》と煙管《きせる》を手にして板場から出て来た。

「ああ、腹減った……」

直吉は、安倍川餅《あべかわもち》を盛った皿を手にして縁台に腰掛けた。

「はい、お茶……」

おみよは、茶を淹れて嘉平と直吉に渡した。

「うん……」

嘉平は、煙管を燻《くゆ》らせ、茶を美味そうに飲み始めた。

「ちょっと直吉、御八《おや》つにしちゃあ、食べ過ぎじゃあない」

おみよは、皿に盛った安倍川餅を食べている直吉に呆れた。

「そうかなあ……」

直吉は首を捻った。

「そうよ。肥っても知らないわよ」

「良いじゃあないか、おみよ。直吉は食べ盛りの育ち盛りだ。なあ、直吉……」

嘉平は、眼を細めた。

「流石《さすが》は親方。お嬢さん、良く聞いておいて下さいよ」

直吉は、安倍川餅を食べた。

「何云ってんの……」

おみよは苦笑した。

音次郎は、暖簾を仕舞った店の中で楽しげに笑っている嘉平、おみよ、直吉を眺めた。

「楽しそうだな……」

音次郎は、半兵衛の声に振り返った。

背後に半兵衛がいた。

「旦那……」

「直吉に主の嘉平と孫娘のおみよか……」

半兵衛は、甘味処『梅香堂』を眺めた。

「はい……」

半纏を着た男と薄汚い袴《はかま》の浪人が、往来をやって来た。

毘沙門一家の地廻り……。

音次郎は睨んだ。

「旦那、きっと毘沙門一家の地廻りです」

音次郎は、緊張を浮かべた。

「うむ……」

半兵衛は頷いた。

地廻りと浪人は、甘味処『梅香堂』に進んだ。

「野郎……」

甘味処『梅香堂』に嫌がらせに来た……。

音次郎は、地廻りと浪人を睨み付けた。


「団子をくれ……」

地廻りと浪人は、甘味処『梅香堂』に入って来た。

「あっ……」

直吉は立ち上がった。

おみよは眉をひそめた。

嘉平は、地廻りと浪人を一瞥して煙管を燻らせた。

「団子だ」

地廻りは、薄笑いを浮かべて注文した。

「お客さま、今は休息中でして、申し訳ありません」

おみよは告げた。

「何だ。俺たちに団子は出せないって云うのかい……」

地廻りは、おみよを睨み付けて凄《すご》んだ。

「いえ。そんな……」

おみよは怯んだ。

「そうだ。うちには嫌がらせをする地廻りに食わせる団子はないんだ」

直吉は、必死な面持ちでおみよを庇《かば》うように立った。

「何だと小僧……」

地廻りは、直吉に手を伸ばした。

刹那《せつな》、嘉平が煙管を吹いた。

煙管の雁首《がんくび》から火玉が飛び、地廻りの顔に当たって散った。

「熱っ……」

地廻りは驚き、狼狽《うろた》えた。

「此奴《こいつ》はすまねえ……」

嘉平は詫《わ》びた。

「爺《じじ》い……」

地廻りは、嘉平に迫った。

「止めろ……」

地廻りと浪人は、男の声に振り向いた。

音次郎が戸口にいた。

「音次郎の兄貴……」

直吉は喜んだ。

「何だ手前、戸田《とだ》の旦那……」

地廻りは、浪人を振り返った。

戸田と呼ばれた浪人は、薄笑いを浮かべて音次郎の前に進み出た。

音次郎は、後退りして甘味処『梅香堂』の外に出た。

浪人の戸田は、音次郎を追って続いた。

音次郎は振り返った。

浪人の戸田は、猛然と殴り掛かった。

音次郎は、咄嗟《とっさ》に跳《と》び退《の》いて身構えた。

「手前……」

戸田は、嘲笑を浮かべて刀の柄《つか》を握った。

「刀を抜けば只《ただ》じゃあすまないよ」

半兵衛の笑みを含んだ声がした。

戸田は、半兵衛の声のした方を見た。

「やあ……」

笑顔の半兵衛がいた。

浪人の戸田は、巻羽織の半兵衛に怯んだ。

「地廻りの毘沙門一家の用心棒なら大番屋に来て貰おうか……」

半兵衛は、僅かに腰を沈めて抜き打ちの構えを取った。

「お、俺は拘《かか》わりない……」

浪人の戸田は、そそくさと立ち去った。

「と、戸田の旦那……」

甘味処『梅香堂』にいた地廻りは、慌てて浪人の戸田を追った。

「旦那……」

音次郎は、半兵衛に駆け寄った。

「うむ。梅香堂のみんなにも怪我はないようだね」

半兵衛は、甘味処『梅香堂』の戸口に佇み、心配そうに見ている直吉、おみよ、嘉平に微笑んだ。

三

自身番の前には、刺股《さすまた》、袖搦《そでがらみ》、突棒《つくぼう》などの三道具や提灯、鳶口《とびぐち》、纏《まと》いなどが置かれている。

家主の仁兵衛が自身番から現れ、警戒するように辺りを見廻した。

辺りに変わった事はない……。

仁兵衛は見定め、神楽坂の通りに向かった。

半次が物陰から現れ、仁兵衛を追った。


仁兵衛は、外濠に向かって足早に神楽坂を下った。

半次は、慎重に尾行た。

仁兵衛は、神楽坂を下りて外濠に架かっている牛込御門前に出た。そして、外濠沿いを東に進んだ。

何処に行くのだ……。

半次は、仁兵衛を追った。

半兵衛と音次郎は、おみよの淹れてくれた茶を飲んだ。

「そうか。音次郎の兄貴は十手《じって》持ちだったのか……」

直吉は、感心したように音次郎を見た。

「半兵衛の旦那の御世話になっているんだぜ」

音次郎は苦笑した。

「して、毘沙門一家の甚五郎、お店に嫌がらせをして立ち退かせ、何をしようとしているのか知っているかな」

半兵衛は、おみよに訊いた。

「いいえ、知りません……」

おみよは、首を横に振った。

「嘉平の父っつあんは、どうだい……」

「儂《わし》も知らないが、金儲けの場所にするのに違いないだろうな」

嘉平は、煙管を燻らせた。

「金儲けの場所か……」

「ああ。岡場所を作るのは難しいが、矢場《やば》や飲み屋に出合茶屋《であいぢやや》に曖昧宿《あいまいやど》、如何《いか》わしい盛り場を作る魂胆《こんたん》かもしれないな」

嘉平は読んだ。

「如何わしい盛り場か……」

半兵衛は眉をひそめた。

「ああ。じゃあ半兵衛の旦那、あっしはちょいと……」

嘉平は、縁台から立ち上がった。

「うむ。造作を掛けたね」

「いいえ。お助け下さいまして、ありがとうございました」

嘉平は、半兵衛に深々と頭を下げて奥の板場に入って行った。

半兵衛は見送った。

「旦那……」

「うむ。音次郎、私たちも行くか……」

半兵衛は、縁台から立ち上がった。

半兵衛と音次郎は、おみよと直吉に見送られて甘味処『梅香堂』を出た。

「毘沙門一家、仕返しに来ませんかね」

音次郎は心配した。

「音次郎、嘉平は元は武士だ……」

「武士……」

音次郎は驚いた。

「うむ。それもかなりの剣の遣い手だよ」

半兵衛は笑った。

「へえ。そうなんですか……」

音次郎は、甘味処『梅香堂』を振り返った。

甘味処『梅香堂』の前におみよと直吉は既にいなく、再び掲げられた暖簾が微《そよ》風《かぜ》に揺れていた。

「ま、毘沙門一家の嫌がらせの見張りも兼ねて、張り込んでみるんだな」

半兵衛は命じた。

「はい……」

音次郎は頷いた。

半兵衛は、音次郎を残して神楽坂の通りに向かった。

不忍池中ノ島の弁財天は、参拝客で賑わっていた。
家主の仁兵衛は、不忍池の畔《ほとり》を進んだ。
半次は尾行た。
仁兵衛は、不忍池の畔を進み、雑木林の小径《こみち》に入った。
半次は、小径の入り口に駆け寄った。
小径の入り口には、『料理　花むら』の辻行燈《つじあんどん》があった。
半次は、小径の奥にある料理屋『花むら』を窺った。
仁兵衛が下足番《げそくばん》に迎えられ、料理屋『花むら』に入って行った。
「料理屋、花むらか……」
半次は見届けた。
仁兵衛は、料理屋『花むら』で誰かと逢うのかもしれない。
逢う相手は、仁兵衛や甚五郎の背後にいる者なのか……。
だが、それを見定める手立てはない。
半次は、手立てを思案した。
不忍池の畔の木々は、影を長く伸ばし始めた。

自身番は明かりを灯した。

店番の政吉は、番人の清六を残して家に帰った。

清六は、狭い自身番の中を片付けて掃除をし始めた。

「精が出るね……」

半兵衛が戸口にやって来た。

「此は白縫さま……」

清六は戸惑い、微かな怯《おび》えを過ぎらせた。

「清六だったね……」

半兵衛は、座敷の框《かまち》に腰掛けた。

「はい。左様にございます」

清六は、膝を揃えて座った。

「地廻りの毘沙門の甚五郎と通じているのは、家主の仁兵衛か、それとも店番の政吉かな」

「し、白縫さま……」

半兵衛は、清六を見据えた。

清六は狼狽えた。

「清六、お前は家主の仁兵衛か店番の政吉に口止めをされている。そうだね」

半兵衛は、己の睨みを告げた。

「そ、それは……」

清六は困惑し、怯え、躊躇《ためら》った。

「清六、決して悪いようにはしないよ」

半兵衛は笑い掛けた。

「家主の仁兵衛さんです。仁兵衛さんが政吉さんと手前に、毘沙門一家の遣る事は見て見ぬ振りをしろと……」

清六は、苦しげに項垂《うなだ》れた。

「やはり、家主の仁兵衛か……」

半兵衛は念を押した。

「はい……」

清六は頷いた。

「して、仁兵衛は何故、そんな真似をしているのか知っているのかい」

「頼まれての事のようです」

「ならば、頼んだのが誰か知っているか……」

「さあ、そこ迄は……」

清六は、申し訳なさそうに首を横に振った。

「そうか、知らないか……」

半兵衛は微笑んだ。

料理屋『花むら』には、様々な客が出入りをしていた。

武士、大店の旦那、町医者……。

半次は、出入りする客の中に仁兵衛と拘わりありそうな者を捜した。だが、そう感じられる者はいなかった。

肥った男が、若い衆の持つ提灯に足元を照らされて不忍池の畔を来た。

料理屋花むらの客か……。

半次は見守った。

肥った男は、提灯を持った若い衆と料理屋『花むら』の小径に入って行った。

地廻り『毘沙門一家』の甚五郎だ……。

半次は見定めた。

家主の仁兵衛が逢いに来たのは、甚五郎だったのか……。
半次は眉をひそめた。
四半刻（三十分）が過ぎた。
家主の仁兵衛が、女将《おかみ》と下足番に見送られて料理屋『花むら』から出て来た。
仁兵衛は、提灯を手にして不忍池の畔を戻って行った。
毘沙門の甚五郎はどうした……。
半次は、甚五郎が未だ誰かと逢っているのだと読んだ。
仁兵衛と甚五郎が逢った相手は誰なのだ……。
半次は、見定める手立てを探した。
刻が過ぎ、様々な客が帰って行った。
帰った客の中には、甚五郎や仁兵衛と逢ったと思われる者はいない。
半次は、見張り続けた。
甚五郎が若い衆を従え、料理屋『花むら』から出て来た。
半次は見守った。
甚五郎と若い衆は、女将と下足番に見送られて帰って行った。
仁兵衛や甚五郎と逢った者は、未だ料理屋『花むら』にいる。

半次は睨み、帰るのを待った。

僅かな刻が過ぎ、下足番が町駕籠《まちかご》を呼んで来た。

帰る者がいる……。

半次は、緊張を滲ませて帰る者が出て来るのを待った。

羽織袴の初老の武士が供侍《ともざむらい》を従え、主や女将、仲居たちに見送られて出て来て町駕籠に乗った。

武士……。

仁兵衛や甚五郎と逢っていた者なのか……。

半次は、何とか見定めようとした。

町駕籠に乗った初老の武士は、供侍を従えて帰って行った。

主、女将、仲居たちは見送り、料理屋『花むら』に戻った。

下足番は、小径から畔に出て来て辻行燈の火を消し、片付け始めた。

初老の武士は最後の客……。

半次は気が付いた。

初老の武士を乗せた町駕籠は、小田原《おだわら》提灯《ぢようちん》を揺らしながら不忍池の畔を行く。

半次は追った。

町駕籠は小田原提灯の明かりを揺らし、不忍池の畔から明神下の通りに進んだ。

半次は、追い付いて尾行た。

町駕籠と供侍は、神田川に架かっている昌平橋を渡り、神田八ツ小路から淡路《あわじ》坂《ざか》を上がった。

初老の武士は何者なのだ……。

半次は尾行た。

初老の武士の乗った町駕籠は、淡路坂を上がって旗本屋敷街を進み、一軒の旗本屋敷に近付いた。

供侍は旗本屋敷の表門に駆け寄り、潜り戸を叩いた。

潜り戸が開き、中間小者たちが迎えに出て来た。

初老の武士は、供侍を従えて旗本屋敷の潜り戸を入った。

半次は見届けた。

初老の武士は、仁兵衛や甚五郎が逢っていた相手なのか……。

もしそうなら、肴町の立ち退き騒ぎの背後には、旗本が潜んでいるのだ。

半次は思いを巡らせた。

「旗本……」

半兵衛は眉をひそめた。

「はい。家主の仁兵衛や毘沙門の甚五郎が帰った後、料理屋の花むらから出て来た客は神田駿河台《するがだい》にお屋敷のある旗本だけでした」

半次は告げた。

「となると、仁兵衛や甚五郎が逢っていたのは、その旗本か……」

「じゃあないかと思うのですが……」

半次は眉をひそめた。

「確かではないか……」

「はい……」

「して、どの屋敷だ……」

半兵衛は、駿河台小川町《おがわまち》の切絵図《きりえず》を広げた。

「はい……」

半次は切絵図を覗き、初老の武士の入った旗本屋敷を探した。

「此処《ここ》ですね……」

半次は、切絵図の太田姫《おおたひめ》稲荷近くの旗本屋敷を指差した。

旗本屋敷には、『後藤主水《ごとうもんど》』と書かれていた。

「後藤主水か……」

半兵衛は、切絵図の屋敷に書かれている名を読んだ。

「後藤主水……」

半次は、初老の武士の名を知った。

「半次、先《ま》ずは旗本の後藤主水が仁兵衛や甚五郎の背後に潜むような人柄かどうか、調べてみよう……」

半兵衛は決めた。

地廻り『毘沙門一家』は腰高障子を閉め、若い衆たちの出入りもなかった。

音次郎は、斜向《はすむ》かいの路地から見守った。

「音次郎の兄貴……」

直吉が背後にやって来た。

「おう。どうした……」

「うん。お得意様に団子を届けに行って来た帰りだよ」

「そうか……」

「今日、毘沙門一家の地廻り、どうかしたのかい……」

直吉は、地廻り『毘沙門一家』を眺めた。

「うん。出入りする者も少なく、妙に静かだな……」

「昨日、半兵衛の旦那や音次郎の兄貴に懲《こ》らしめられたからかな」

直吉は睨んだ。

「直吉、元締の甚五郎や地廻り、あのぐらいで尻尾を巻くような奴らじゃあないさ」

「じゃあ……」

「ちょいと大人しくして熱《ほとぼり》を冷まし、こっちの出方を窺っているんだよ」

「汚ねえ奴らだな」

「ああ。油断はならねえ……」

音次郎は苦笑した。

太田姫稲荷の赤い幟旗《のぼりばた》は、風にはためいていた。

旗本後藤主水は、二千石取りの小普請組《こぶしんぐみ》だった。

半兵衛と半次は、後藤主水の人柄と後藤家の家風などを聞き込み、太田姫稲荷の茶店で落ち合った。

「どうだった……」

半兵衛は茶を啜った。

「そいつがどうも……」

半次は、首を捻りながら茶を飲んだ。

「悪い噂はないか……」

「旦那の方もですか……」

「うむ。後藤主水、質実剛健、曲がった事が嫌いな男であり、家来や奉公人にも分《わ》け隔《へだ》てなく接する武士か……」

半兵衛は苦笑した。

「はい。只一つ、家の者を困らせている事は大の酒好きだとか……」

半次は告げた。

「うむ。どうやら、家主の仁兵衛や地廻りの甚五郎の背後に潜み、料理屋の花むらで逢っていた者ではないな」

「ええ。他の客だったんですね……」

半次は肩を落とした。

「それなんだが、半次の見ていた限り、他の客に仁兵衛や甚五郎と逢うと思われるような者はいなかったのだろう」

「はい。ですが、あっしが見抜けなかっただけなのかもしれません」

半次は、悔しさを滲ませた。

「半次、仁兵衛と甚五郎、客でないなら誰に逢いに行ったのかな」

「えっ……」

「料理屋花むらには、客の他に誰がいるのかだ……」

「えっ……」

「客以外の者だ……」

「旦那……」

半次は、何かに気が付いた。

「うむ……」

半兵衛は、笑みを浮かべて頷いた。

甘味処『梅香堂』は、若い女客で賑わっていた。

おみよと直吉は、お客相手に忙しく働いていた。

音次郎は、板場で仕事をしている嘉平を眺めながら茶を啜った。

嘉平は、手慣れた様子で注文の汁粉の用意をしていた。

元は武士……。

音次郎は、半兵衛の言葉を思い出した。

「どうかしたかい……」

嘉平は、音次郎を振り返った。

「えっ。いえ、別に……」

音次郎は慌てた。

「そうかい……」

嘉平は、再び汁粉を作り続けた。

「はい……」

「そう云えば、此の先の荒物屋、店仕舞いするかもしれないそうだ」

「毘沙門一家に脅されたんですか……」

音次郎は緊張した。

「いや。その逆でね。甚五郎、店の沽券状《こけんじょう》に相場以上の値を付けて来たそうだ」

「えっ……」

「おそらく、白縫の旦那の眼を誤魔化そうって魂胆だよ」

嘉平は苦笑した。

客以外の者……。

料理屋『花むら』には、主の吉右衛門《きちえもん》と女将のおとよ、板前や仲居たち奉公人がいた。

主の吉右衛門……。

名主の仁兵衛と毘沙門の甚五郎が逢う相手は、主の吉右衛門しかいない。

半次は、料理屋『花むら』の主吉右衛門の人柄と素性を洗った。

吉右衛門は、若い頃に高利貸《こうりがし》の使いっ走りをして小金を貯めた。そして、己も悪辣《あくらつ》な金貸しになり、料理屋『花むら』を借金の形《かた》に取って主に納まり、情婦《おんな》のおとよを女将に据えた。

吉右衛門は、料理屋『花むら』をおとよに任せ、己は秘かに金貸しを続けていると云う噂だった。

半次は、聞き込んで来た事を半兵衛に報せた。

「ほう。花むらの吉右衛門、かなりの強《したた》か者《もの》だね」

半兵衛は苦笑した。

「はい。旦那……」

「うむ。家主の仁兵衛と毘沙門の甚五郎が逢いに行った相手は、花むらの吉右衛門に間違いあるまい」

半兵衛は睨んだ。

「じゃあ、肴町の裏通りを盛り場にでもしようってのは、吉右衛門の企《くわだ》てですか……」

「おそらくね……」

半兵衛は頷いた。

「で、どうします……」

半次は、半兵衛の出方を窺った。

「半次、どうするか決めるのは、肴町の裏通りで暮らしている人たちだよ」

半兵衛は微笑んだ。

嫌がらせの次は、金に物を言わそうって魂胆か……。

四

半兵衛は、音次郎から甚五郎が裏通りのお店に嫌がらせではなく、金で話を着けようとしているのを報された。

「はい。きっと旦那の眼を誤魔化そうって魂胆なんですよ」

音次郎は報せた。

「金か……」

半兵衛は苦笑した。

昨夜、家主の仁兵衛や地廻りの元締甚五郎から半兵衛の事を聞いた料理屋『花むら』の吉右衛門の企てなのだ。

所詮《しょせん》、その場凌《しの》ぎの目眩《めくら》ましで熱《ほとぼり》を冷ます魂胆か……。

半兵衛は読んだ。

「ええ。それで、裏通りのお店の者には店を閉めたり、立ち退いても良いと云う人も出て来たそうです」

音次郎は眉をひそめた。

「そうか……」

「はい。それにしても、金で態度を変えるなんて情けない話ですよ」

音次郎は、腹立たしげに告げた。

「音次郎、人はそれぞれだ……」

半兵衛は小さく笑った。


「お邪魔しますよ……」

『毘沙門一家』の元締甚五郎は、手下の寅を従えて甘味処『梅香堂』を訪れた。

「い、いらっしゃいませ……」

おみよと直吉は、思わず顔を見合わせた。

「嘉平さん、いるかな……」

甚五郎は笑い掛けた。

「はい……」

おみよは頷いた。

「ちょいと話がありましてね。逢えるかな」

「は、はい。直吉……」

「うん……」

直吉は、板場に駆け込んだ。

甚五郎は、縁台に腰掛けて店内を見廻した。

「十五坪ぐらいか……」

「へい……」

甚五郎と寅は、短く言葉を交わした。

嘉平が、直吉と板場から出て来た。

「話ってのは……」

嘉平は、甚五郎を見据えた。

「嘉平さん、此の店の権利を二十両で……」

「甚五郎さん……」

嘉平は、甚五郎の言葉を遮《さえぎ》った。

「なんだい……」

甚五郎は眉をひそめた。

「金を幾ら積んでも無駄だよ、儂は店を閉めたり、立ち退いたりはしない」

嘉平は告げた。

「その処《ところ》を嘉平さん……」

甚五郎は苦笑した。

「話は終わりだ。帰ってくれ……」

嘉平は厳しく云い放ち、さっさと板場に戻って行った。

「爺い……」

寅は熱《いき》り立った。

「寅……」

甚五郎は、熱り立つ寅を抑えた。

「へ、へい……」

寅は、不服げに退き下がった。

「ま、仕方がない。出直して来るか。邪魔をしたね」

甚五郎は笑みを浮かべ、手下の寅を従えて出て行った。

おみよと直吉は、緊張に身を硬くして見送った。

甚五郎は立ち止まり、甘味処『梅香堂』を振り返った。

「元締……」

寅は、甚五郎の出方を窺った。

「ああ。嘉平の爺い、嘗《な》めた事を抜かしやがって、思い知らせてやる」

甚五郎は、赤ら顔を怒りに醜く歪ませて甘味処『梅香堂』を睨み付けた。

裏通りは、地廻り『毘沙門一家』の連中の嫌がらせもなく静かだった。

音次郎は、それとなく見廻った。

「音次郎の兄貴……」

直吉が駆け寄って来た。

「おう。直吉、お得意先に団子を届けに行った帰りか……」

音次郎と直吉は、甘味処『梅香堂』に向かった。

「うん。それより兄貴、甚五郎の奴、寅を連れて梅香堂に来たよ」

「そうか。甚五郎の野郎、梅香堂にも行ったのか……」

音次郎は眉をひそめた。

「うん。甚五郎の奴、梅香堂の権利を譲ってくれって。でも、親方が幾ら金を積んでも店を閉めたり、立ち退いたりしないって。きっぱりと断って追い返したよ」

　直吉は、自慢げに告げた。

「そうか、嘉平さん、追い返したのか……」

「うん。凄いだろう」

「ああ。で、甚五郎と寅の野郎、大人しく帰ったのか……」

「うん……」

　甘味処『梅香堂』の前に嘉平がいた。

「あれ、親方だ。親方……」

　直吉は、嘉平に駆け寄った。

　音次郎は続いた。

「直吉、音次郎さん、おみよを見なかったか……」

　嘉平は尋ねた。

「お嬢さん、いないんですか……」

　直吉は、戸惑いを浮かべた。

「ああ、店と家の何処にもな」

　嘉平は頷いた。

「そんな。親方……」

直吉は狼狽えた。

「嘉平さん、まさか……」

音次郎は眉をひそめた。

「直吉、おみよが行きそうな処は何処だ」

「は、はい……」

嘉平は、直吉を連れて甘味処『梅香堂』の店内に入って行った。

「よし……」

音次郎は、猛然と駆け出した。


不忍池には水鳥が遊んでいた。

半次は、料理屋『花むら』の主吉右衛門を見張っていた。

料理屋『花むら』に客は出入りしたが、吉右衛門が出掛ける事はなかった。

半纏を着た男と町駕籠が、不忍池の畔をやって来た。

半次は見張った。

半纏を着た男と町駕籠は、雑木林の間にある料理屋『花むら』に続く小径に入って行った。

お客か……。

半次は見送った。

「おみよがいなくなった……」

半兵衛は眉をひそめた。

「はい。ひょっとしたら甚五郎たちが、嘉平さんを言いなりにさせる為に……」

音次郎は読んだ。

「おみよを拐《かどわ》かしたのもしれないか……」

「違いますかね……」

「よし。毘沙門一家に行ってみるか……」

「はい……」

音次郎は、威勢良く頷いた。

「音次郎の兄貴……」

直吉が、血相を変えて駆け寄って来た。

「どうした、直吉……」

「親方が、親方が、一人で毘沙門一家に行ったんだ……」

直吉は、半泣きで告げた。

「嘉平さんが……」

音次郎は緊張した。

「うん。お嬢さんが何処にもいないので……」

「旦那……」

「慌てるな音次郎、直吉……」

半兵衛は、音次郎と直吉を落ち着かせた。

地廻り『毘沙門一家』は、腰高障子を閉めて静まり返っていた。

腰高障子の閉められた土間では、嘉平が寅や八たち地廻りに取り囲まれ、框にいる甚五郎に対していた。

「で、嘉平、用ってのはなんだい……」

甚五郎は、赤ら顔を歪めて笑った。

「孫のおみよが何処にいるか、知っているな」

嘉平は、甚五郎を見据えた。

「さあな……」

甚五郎は惚けた。

「甚五郎……」

「嘉平、もし知っていたとしても、只じゃあ教えられねえな」

甚五郎は、嘉平を狡猾《こうかつ》な眼で見据えた。

「店か……」

嘉平は読んだ。

「ああ、此の証文に名前を書いて爪印《つめいん》を押せば、教えてやっても良いぜ」

甚五郎は、一枚の証文を嘉平に差し出した。

嘉平は、証文を手に取って読んだ。

証文には、甘味処『梅香堂』を甚五郎に譲って立ち退くと書いてあった。

「どうだい……」

「分かった……」

嘉平は頷いた。

「そうかい。だったら名前を書いて爪印を押しな……」

「何処にだ……」

「此処だよ」

甚五郎は、框から身を乗り出して証文を覗き込んだ。

刹那、嘉平は甚五郎の腕を摑んで框から引《ひ》き摺《ず》り下ろした。

甚五郎は、短い悲鳴をあげて土間に倒れ込んだ。

「元締……」

寅や八たち地廻りは狼狽えた。

「動くな……」

嘉平は一喝した。

「動けば、甚五郎は死ぬ……」

嘉平は、倒れた甚五郎の腕を捩《ね》じ上《あ》げ、首を膝で押さえ付けていた。

「や、止めろ。息が出来ねえ……」

甚五郎は、赤ら顔を苦しく歪めていた。

寅と八たち地廻りは立ち竦んだ。

「甚五郎を殺されたくなければ、おみよを此処に連れて来い……」

嘉平は、寅や八たち取り囲む地廻りを厳しく見据え、甚五郎の首を押さえている膝に力を込めた。

甚五郎は、白目を剝《む》いて呻《うめ》いた。

寅と八たち地廻りは、困惑した面持ちで顔を見合わせた。

「早くしろ……」

嘉平は命じた。

「いねえ。おみよは此処にいねえ」

寅は叫んだ。

「いない。ならば、おみよは何処にいる……」

「知らねえ。嘉平さん、俺たちは何も知らねえんだ。本当だ」

寅と八たち地廻りは焦った。

「おのれ、甚五郎。おみよは何処にいる。吐け、吐くんだ……」

嘉平は、甚五郎の首を押さえている膝に尚も力を込めた。

甚五郎は、赤ら顔を蒼《あお》く変え、白目を剝いて泡を吹いた。

腰高障子が勢い良く開けられ、半兵衛が音次郎や直吉と入って来た。

「そこ迄だ嘉平。そんな奴でも殺せば、人殺しだ……」

半兵衛は笑った。

「半兵衛の旦那……」

嘉平は、甚五郎の首を押さえている膝から力を抜いた。

甚五郎は、泡を吹いて気を失っていた。

嘉平は、大きく息を吐いた。

「音次郎、家探ししな」

半兵衛は命じた。

「合点です」

音次郎は、家の奥に入って行った。

「音次郎の兄貴、おいらもお嬢さんを捜す」

直吉が続いた。

「下手《へた》な真似をすれば、只じゃあ済まないよ」

半兵衛は、寅や八たち地廻りを厳しく見据えた。

音次郎と直吉が家探しする物音が奥から聞こえた。そして、音次郎と直吉が戻って来た。

「旦那……」

音次郎は、厳しい面持ちで戻って来た。

「いないか……」

「はい。何処にも……」

音次郎は、悔しげに頷いた。

「よし。水を持って来な……」

半兵衛は、若い衆に水を運ばせ、気を失っている甚五郎に浴びせた。

甚五郎は気を取り戻し、半兵衛と嘉平を見て震えた。

「甚五郎、おみよを拐かして何処に連れ去ったのだ」

「それは……」

甚五郎は口籠もった。

刹那、半兵衛は甚五郎の肉厚の頬を平手打ちにした。

甚五郎は、土間に激しく叩き付けられた。

「甚五郎、おみよは花むらの吉右衛門の処だな」

半兵衛は、甚五郎を厳しく見据えた。

「は、はい……」

甚五郎は、何もかも知られているのに驚き、項垂れた。

「やはりな。嘉平、おみよは不忍池の畔にある花むらって料理屋だ……」

半兵衛は告げた。

不忍池には水鳥が遊び、波紋が幾重にも広がっていた。

半次は、料理屋『花むら』を見張り続けていた。

「半次……」

半兵衛と音次郎が、嘉平と直吉を連れてやって来た。

「半兵衛の旦那……」

「おみよが、甚五郎に拐かされて花むらに連れ込まれた筈だが……」

半兵衛は告げた。

「おみよが……」

「ああ……」

「町駕籠で連れ込まれたかな……」

半次は、半纏を着た男と町駕籠が来た事を告げた。

「間違いあるまい。おみよはその町駕籠で花むらに連れ込まれたな」

半兵衛は睨んだ。

「どうします」

半次は眉をひそめた。

「よし。半次は裏に廻ってくれ、私は花むらの主の吉右衛門を締め上げ、音次郎に家探しさせる」

「承知……」

半次は、素早く料理屋『花むら』の裏に廻って行った。

「じゃあ音次郎、遠慮は無用、家探しをしろ」

「合点です」

「うむ。行くよ」

半兵衛は、料理屋『花むら』に向かった。

音次郎、嘉平、直吉が続いた。


「主の吉右衛門は何処だ……」

半兵衛は案内を乞《こ》わず居間に向かい、音次郎は廊下の奥に進んだ。

嘉平は半兵衛に続き、直吉は音次郎に続いた。

「お、お待ち下さい。お役人さま……」

女将のおとよは驚き、激しく狼狽えた。

半兵衛は、構わず居間に踏み込んだ。

居間にいた主の吉右衛門は、慌てて立ち上がろうとした。

「動くんじゃあない」

半兵衛は、立ち上がろうとした吉右衛門の肩を素早く十手で押さえた。

吉右衛門は、押さえ付けられて座った。

「お前が料理屋花むらの主の吉右衛門だね」

半兵衛は、吉右衛門を見据えた。

「さ、左様にございます。お役人さまは……」

吉右衛門は、狡猾さに底光りする眼で半兵衛を見上げた。

「北町奉行所の白縫半兵衛だ。神楽坂は肴町の梅香堂のおみよは何処にいる」

「おみよですか……」

吉右衛門は惚けた。

「吉右衛門、惚けても無駄だ。毘沙門の甚五郎が何もかも吐いているんだ。拐かしたおみよは何処にいるんだい」

半兵衛は、吉右衛門の膝に十手を突き立て押した。

吉右衛門は激痛に顔を歪めた。

嘉平は見守った。

半纏を着た男が勝手口から現れ、納屋《なや》に入って行った。

半次が物陰から現れ、納屋に忍び寄って中に踏み込んだ。

納屋の中に積まれた炭俵《すみだわら》の陰では、半纏を着た男が猿轡《さるぐつわ》を嚙ませて縛りあげたおみよを立ち上がらせようとしていた。

半次は、懐から十手を出した。

半纏を着た男が、半次の気配に振り返った。

「野郎……」

半次は、十手を鋭く一閃した。

半纏を着た男は殴り飛ばされ、板壁に激しく叩き付けられて倒れた。

半次は、おみよの猿轡を手早く外した。

「もう、大丈夫だぜ……」

「はい。ありがとうございます……」

おみよは安堵し、息を大きく吐いた。

半兵衛は、料理屋『花むら』の主吉右衛門、地廻り『毘沙門一家』の元締甚五郎、自身番の家主の仁兵衛を拐かしと恐喝の罪でお縄にした。

吉右衛門は、半兵衛たちの睨み通り、甚五郎と仁兵衛を使って肴町の裏通りを盛り場にしようと企てていた。


大戸や雨戸を閉めていた店は、再び商いを始め、裏通りには平穏が戻った。

甘味処『梅香堂』は客で溢れ、おみよと直吉は忙しく働いていた。

「それで旦那、甚五郎を殺し掛けた嘉平さんは、お咎《とが》めなしですか……」

半次は苦笑した。

「うむ。孫のおみよを拐かされたんだ。甚五郎を殺しても仕方がない処を良く思い止まったものだ」

「じゃあ、知らん顔を決め込む迄もありませんか……」

「ああ……」

半兵衛は頷いた。

「それにしても嘉平さん、どんなお侍だったんですかね」

「さあねえ……」

半兵衛は、甘味処『梅香堂』を眺めた。

嘉平が元武士だったのは間違いない。だが、何処のどんな武士であり、何故に刀を棄てたのかは分からない。

ま、世の中には知らなくても良い事がある……。

半兵衛は微笑んだ。

第四話　御新造

一

鎌倉河岸《かまくらがし》の水面に夕陽が映えた。

痩《や》せた総髪《そうはつ》の浪人は、鎌倉河岸の岸辺に佇《たたず》んで煌《きら》めく水面を眺《なが》めていた。

市中見廻りから戻って来た半兵衛は、鎌倉河岸から続く神田堀に架かっている竜閑橋で足を止めた。

「どうしました、旦那……」

音次郎は、半兵衛に怪訝《けげん》な眼を向けた。

「うん。あの浪人……」

半兵衛は、鎌倉河岸の岸辺に佇んでいる浪人を示した。

「あの浪人……」

半次は眉をひそめた。

「半次も見覚えあるかい……」

「ええ。何処《どこ》かで……」

半次は頷《うなず》いた。

「うん。さあて、何処だったかな」

半兵衛と半次は、鎌倉河岸の岸辺に佇んでいる浪人を眺めた。

小さな風呂敷包みを抱えた質素な形《なり》の武家の女が三河町《みかわちよう》の方から現れ、鎌倉河岸の岸辺に佇んでいる浪人に駆け寄った。

浪人は、武家の女に笑い掛け、短く言葉を交わして鎌倉町に向かった。

武家の女は、俯《うつむ》き加減で浪人に続いた。

半兵衛、半次、音次郎は見送った。

「御新造さんですかね……」

半次は読んだ。

「きっとね……」

半兵衛は頷いた。

「仲が良さそうですね……」

音次郎は、羨《うらや》ましそうに見送った。

半兵衛、半次、音次郎は、北町奉行所に顔を出し、買物をして八丁堀《はっちょうぼり》の組屋敷に帰った。

囲炉裏《いろり》に掛けられた鳥鍋は、蓋《ふた》を僅《わず》かに揺らし始めた。

半兵衛、半次、音次郎は、囲炉裏を囲んで酒を飲んでいた。

「旦那、鎌倉河岸にいた浪人ですが、昨日の昼間、不忍池の畔《ほとり》の茶店にいましたよ」

半次は思い出した。

「不忍池の畔の茶店……」

半兵衛は眉をひそめた。

「ええ。確か不忍池を眺めながら茶を飲んでいたと思いますが……」

「不忍池を眺めながら茶をねえ……」

「はい。その時、旦那は誰かを待っているようだと仰《おつしや》った浪人ですよ」

「ああ、あの時の……」

半兵衛は思い出した。

「じゃあ、その時も御新造さんを待っていたんですかね」

音次郎は読んだ。

「もしそうだとしたら、浪人、仕事は何もしていないのかな……」

半次は首を捻《ひね》った。

「それで、御新造さんを待っているなら、紐《ひも》みたいなもんですかねえ」

音次郎は苦笑した。

「紐か……」

もしそうなら、只《ただ》の仲の良い夫婦と云うだけではないのかもしれない……。

半兵衛は、手酌で酒を飲んだ。

「さあ、出来ましたよ」

音次郎は、揺れる鳥鍋の蓋を取った。

湯気が一気に溢《あふ》れた。


不忍池に十徳《じっとく》を着た初老の男の斬殺死体が浮かんだ。

半兵衛は、報せを受けて駆け付け、岸辺に引き上げられた初老の男の死体を検《あらた》めた。

初老の男は、正面から袈裟《けさ》懸《が》けの一太刀で斬り殺されていた。

「袈裟懸けの一太刀、見事な腕前だね」

半兵衛は読んだ。

「殺《や》ったのは侍ですね……」

半次は頷いた。

「間違いあるまい。それで仏さん、町医者か茶之湯の宗匠《そうしよう》のような形《なり》だが、身許、分かったのかい」

「はい。鎌倉河岸は三河町に住んでいる町医者の中原順庵《なかはらじゆんあん》さんです」

「町医者か……」

「はい。昨日の昼過ぎ、往診に出掛けたまま帰らないと、今朝早く、家の者が自身番に届けを出していましたよ」

半次は告げた。

「昨日の昼過ぎ、往診に出たままねえ……」

半兵衛は辺りを見廻した。

「何ですか……」

半次は戸惑った。

「仏が往診に出たままの町医者なら薬籠《やくろう》がないかと思ってね」

「そう云えば、薬籠、ありませんね……」

半次は気が付いた。

「斬った侍が持ち去ったのか……」

半兵衛は読んだ。

「だとしたら、どうしてですかね……」

半次は眉をひそめた。

「さあて、ねえ。ま、とにかく仏の中原順庵がどんな町医者だったのか……」

「殺される程の恨みを買うような町医者かどうかですか……」

「うん……」

半兵衛は頷いた。

「白縫さま……」

自身番の店番がやって来た。

「なんだい……」

「中原順庵さんのお内儀のおまちさんと医生の高木兵馬《たかぎひようま》さんが参りました」

店番は告げた。

「うん。見定めて貰いな」

「はい……」

店番は、お内儀のおまちと若い医生の高木兵馬を連れて来て仏を見せた。

「お前さま……」

お内儀のおまちは、仏の顔を見て泣き崩れた。

「先生……」

医生の高木兵馬は、仏を呆然と見詰めた。

「仏さん、町医者の中原順庵さんに間違いなさそうですね」

半次は告げた。

「ああ……」

半兵衛は頷いた。

「旦那、親分……」

音次郎が駆け寄って来た。

「どうした……」

「昨夜遅く、仏の中原順庵さんが痩せた総髪の侍と不忍池の方に行くのを見掛けたって人がいました」

音次郎は報《しら》せた。

「瘦せた総髪の侍……」

半兵衛は眉をひそめた。

「はい……」

音次郎は頷いた。

「旦那……」

「よし。私はお内儀のおまちと医生の高木兵馬に聞き込む。半次と音次郎は、中原順庵と一緒にいた瘦せた総髪の浪人を捜してくれ」

半兵衛は命じた。

「承知しました」

半次と音次郎は、半兵衛と別れて下谷広小路に向かった。

聞き込みは落ち着いてからだ……。

半兵衛は、お内儀のおまちと医生の高木兵馬に中原順庵の遺体の引き取りを許した。


瘦せた総髪の侍……。

半次と音次郎は、下谷広小路一帯に聞き込みを掛け、町医者の中原順庵と瘦せた総髪の侍の足取りを探し始めた。

だが、中原順庵と痩せた総髪の侍の足取りは、容易に浮かばなかった。

神田三河町は鎌倉河岸の前にあり、駿河台の武家地に接した町だ。

板塀に囲まれた中原順庵の家は、鎌倉河岸に近い三河町一丁目にあった。

お内儀のおまちと医生の高木兵馬は、中原順庵の遺体を座敷に安置し、僧侶を呼びに人を走らせた。

半兵衛は、おまちと高木兵馬に聞き込みを掛けた。

「忙しい時にすまないが、ちょいと訊かせて貰うよ」

「は、はい……」

「順庵先生、昨日の昼過ぎ、往診に出掛けたそうだね」

半兵衛は尋ねた。

「はい。左様にございます」

おまちは頷いた。

「往診先は何処かな……」

「神田佐久間町の米問屋、井筒屋《いづつや》さんです」

医生の高木が告げた。

「佐久間町の米問屋の井筒屋か……」

「はい……」

「患者は誰だい……」

「御隠居さまにございます」

「御隠居か……」

「はい。御隠居さまが胃の腑《いふ》の具合が悪いと報せがありまして……」

「お前さん、何故、お供をしなかったんだい」

半兵衛は、医生の高木を見据えた。

「そ、それは先生が来なくて良いと……」

「ほう。そいつは何故かな……」

「わ、分かりません。いつもはお供をするんですが、時々……」

「時々、一人で往診に行くか……」

「は、はい……」

高木は、お内儀のおまちを僅かに気にして頷いた。

お内儀のおまちに知れては拙《まず》い事なのか……。

半兵衛は苦笑した。

「して、順庵先生、勿論《もちろん》、往診に出掛ける時、薬籠は持って行ったね」

「はい……」

「その薬籠に何か変わった物でも入っていたのかな……」

「いえ。特に変わった物など……」

高木は、戸惑いを浮かべた。

薬籠がない疑念は残った。

「そうか。して、順庵先生。御隠居の往診の後は何処に……」

「さあ。そこ迄、聞いては……」

高木は眉をひそめた。

「ならばお内儀、順庵先生、誰かに恨まれてはいなかったのかな」

半兵衛は、お内儀のおまちを見据えた。

「さあ、恨んでいる人なんて……」

お内儀のおまちは首を捻《ひね》った。

「知らないか……」

「はい。ですが、手遅れで亡くなったり、薬代が払えない人の中には、いるのかもしれません……」

おまちは、涙を拭いながら告げた。

「そうか……」

半兵衛は頷いた。

「お内儀さん、お坊さまがお見えですよ」

僧侶が案内されて来た。

此迄《これまで》だ……。

半兵衛は、聞き込みを終えた。

下谷広小路は賑わっていた。

半次と音次郎は、町医者中原順庵の足取りを捜した。

「ああ、町医者の順庵先生なら昨夜、見掛けましたよ」

下谷広小路上野北大門町《うえのきただいもんちょう》にある小料理屋の女将《おかみ》は、店先の掃除の手を止めた。

「見掛けた……」

音次郎は、思わず身を乗り出した。

「何処でだい……」

「私がお客さまをお見送りに出た時、此処でお見掛けしましたよ」

「順庵さん、誰かと一緒だったかな……」

「ええ。年増って云うか、お武家の御新造さまのような方と御一緒でしたよ」

「お武家の御新造……」

音次郎は、怪訝な面持ちで訊き返した。

「ええ……」

女将は頷いた。

「女将さん。順庵さん、痩せた総髪の侍と一緒じゃあなかったのかな……」

半次は訊き返した。

「いいえ。お武家の御新造さまのような方でしたよ」

女将は眉をひそめた。

「女将さん、そいつは何刻だったかな」

「お見送りしたお客さまは、いつも寛永寺の戌《いぬ》の刻五つ（午後八時）の鐘で帰る方ですので、戌の刻五つ過ぎですよ」

「戌の刻五つね。で、順庵さんと武家の御新造、どっちに行ったのかな」

「不忍池の方ですよ」

女将は、下谷広小路の雑踏の向こうに僅かに見える不忍池を眺めた。

小料理屋の女将の見た限り、殺された町医者の中原順庵は痩せた総髪の侍ではなく、武家の御新造のような年増と一緒にいた。

「どう云う事ですかね、親分……」

「順庵先生、昨夜、おそらく武家の御新造と戌の刻五つに逢った後、遅くに痩せた総髪の侍と逢ったんだろうな」

半次は読んだ。

「そうか。武家の御新造の次に痩せた総髪の侍ですか……」

「うん……」

半次と音次郎は、引き続き殺された中原順庵の足取りを探した。

町医者中原順庵の家には、僧侶の読む経が響き渡った。

お内儀のおまちと医生の高木兵馬は、弔問客《ちようもんきやく》の相手をしていた。

弔問客は、町医者仲間や薬種問屋、それに往診先のお店の番頭や武家の家来などだった。

通いの患者や近所の者と思われる弔問客は僅かだ……。

半次は、手伝いに来ていた三河町の老木戸番を呼んだ。

「白縫さま、何か……」

老木戸番は、緊張した面持ちでやって来た。

「うん。ちょいと訊きたい事があってね」

「はい……」

「順庵先生、評判はどうだったのかな……」

「評判ですか……」

老木戸番は眉ひそめた。

「うん。此処《ここ》だけの話だ」

半兵衛は、笑い掛けた。

「はい。順庵先生、医者の腕はまあまあだったそうですが、評判は……」

老木戸番は言葉を濁した。

「悪かったか……」

「はい。患者を選ぶとか、薬代が高いとか……」

「ならば、恨みを買う事もあったかな」

「そりゃあもう。診て貰えずに手遅れになって死んだ人もいるそうですからね」

「ほう。死んだってのは何処の誰かな」

「さあ、そこ迄は……」

老木戸番は首を捻った。

「そうか……」

町医者中原順庵は恨みを買っていた……。

半兵衛は知った。


猪牙舟《ちょきぶね》は神田川の流れを遡《さかのぼ》って行く。

半兵衛は、神田川に架かっている昌平橋を渡り、北岸の道を神田佐久間町の米問屋『井筒屋』に向かった。

町医者中原順庵は、米問屋『井筒屋』の隠居の往診に行き、その夜遅くに不忍池の畔で斬り殺された。

米問屋『井筒屋』で隠居の往診をしてから何処で何をしていたのか……。

半兵衛は、神田佐久間町に進んだ。

米問屋『井筒屋』では、神田川の船着場に着いた荷船から人足たちが米俵を降ろしていた。

「邪魔するよ……」

半兵衛は、米問屋『井筒屋』の暖簾《のれん》を潜った。

米問屋『井筒屋』の奥座敷は静かだった。

「北町奉行所の白縫半兵衛さまにございますか、手前は井筒屋主《あるじ》の善蔵《ぜんぞう》にございます」

「うむ。急に済まないね」

「いいえ。して、白縫さま、御用とは……」

善蔵は、半兵衛を見詰めた。

「うむ。昨日、町医者の中原順庵が御隠居の往診に来たね」

「はい。順庵先生が何か……」

善蔵は、怪訝な面持ちで訊き返した。

「うむ。順庵先生、御隠居の往診が終わってからどうしたか、知っているかな」

「はあ。確か何処かの料理屋で人と逢うとか仰っていましたが……」

「料理屋で人と……」

「はい」

「何処の料理屋で誰と……」

「さあ、そこ迄は……」

善蔵は、苦笑して言葉を濁した。

「分からないか……」

「ええ……」

「そうか。実はね、善蔵。町医者の中原順庵、昨夜遅く不忍池の畔で何者かに殺されてね」

半兵衛は、善蔵を見据えて告げた。

「殺された……」

善蔵は驚き、眼を瞠《みは》って息を飲んだ。

「ああ……」

半兵衛は頷いた。

「ま、まことにございますか、白縫さま」

「善蔵、わざわざ嘘を吐《つ》きに来る程、暇じゃないよ」

半兵衛は苦笑した。

「し、白縫さま、順庵先生、おそらく昨夜は女と逢っていたかと……」

善蔵は読んだ。

「女……」

半兵衛は眉をひそめた。

「はい。順庵先生が女と云った訳ではありませんが、何とも嬉しそうな楽しそうな顔をしていましてね。そのような時は……」

「女と逢うか……」

「はい。何処の誰かは存じませんが、おそらくお武家の御新造さまかと……」

「お武家の御新造……」

「はい。順庵先生、どうもお武家の御新造さまがお好みのようでして……」

善蔵は声を潜《ひそ》めた。

「ならば、今迄にも……」

「はい……」

善蔵は、苦笑しながら頷いた。

半兵衛は、町医者中原順庵の女の好みを知った。

「それで、医生の高木兵馬を連れずに一人で往診に来たか……」

半兵衛は読んだ。

「順庵先生、本道医《ほんどうい》としての腕は良いのですが、いろいろと噂のある方でして……」

「ならば善蔵、順庵が殺されたのに何か心当たりはないかな……」

「さあ、心当たりなどは……」

善蔵は、困惑を浮かべた。

「ないか……」

「はい……」

善蔵は頷いた。

「そうか……」

半兵衛は小さく笑った。

二

武家の御新造……。

半兵衛の聞き込み、半次と音次郎の探索の両方に浮かんだのは、武家の御新造だった。

「お武家の御新造ですか……」

半次と音次郎は眉をひそめた。

「うむ。中原順庵、どうも武家の御新造が好みだったようだな」

半兵衛は苦笑した。

「じゃあ順庵先生、お武家の御新造に手を出して、亭主の侍に斬られた……」

音次郎は読んだ。

「かもしれないな……」

半兵衛は頷いた。

「となると旦那、順庵先生、今迄にも何人かのお武家の御新造と……」

「うむ。往診先の米問屋井筒屋の善蔵の話では、そうなるね」

「でしたら、順庵先生、その辺で恨みを買っていましたか……」

半次は睨《にら》んだ。

「うむ……」

「分かりました。不忍池の畔の料理屋や出合茶屋を当たってみます」

半次は告げた。

「そうしてくれ」

半兵衛は、半次と音次郎に引き続き町医者中原順庵の足取りを追い続けるように命じた。


夜明け。

浜町堀に架かっている汐見橋《しおみばし》の袂《たもと》で、羽織袴の中年武士が斬殺死体で発見された。

羽織袴の中年武士は、小普請組支配組頭《くみがしら》の岡田内蔵助《おかだくらのすけ》と云う二百石取りの旗本だった。

御家人旗本の支配は目付《めつけ》であり、町奉行所ではない。

探索は目付たちによって始められた。


半兵衛は、北町奉行所吟味方与力の大久保忠左衛門に呼ばれた。

「御用ですか……」

半兵衛は、忠左衛門の用部屋を訪れた。

「うむ。今朝方、浜町堀で小普請組支配組頭の岡田内蔵助どのの死体が見付かったのは知っているな」

「はい。既に目付が探索を始めたと聞き及びましたが……」

「うむ。それなのだがな、半兵衛。岡田内蔵助どのは背中を滅多刺《めったざ》しにされ、そのうちの一つが致命傷だそうだ」

「背中を滅多刺し……」

半兵衛は眉をひそめた。

「うむ。それでだ半兵衛……」

忠左衛門は、筋張《すじば》った細い首を伸ばした。

「大久保さま、私は今、町医者の中原順庵殺しの探索をしておりまして……」

「分かっている、半兵衛……」

忠左衛門は、細い首の筋を引《ひ》き攣《つ》らせた。

「ならば……」

半兵衛は戸惑った。

「岡田内蔵助どの、殺される前、痩せた総髪の侍と一緒だったようだぞ」

忠左衛門は、秘密めかして囁《ささや》いた。

「痩せた総髪の侍……」

半兵衛は眉をひそめた。

「左様。それで、お前たちも痩せた総髪の侍を捜しているのを思い出してな」

「そうですか。小普請組支配組頭の岡田内蔵助殺しにも、痩せた総髪の侍が絡《から》んでいるのですか……」

岡田内蔵助と一緒にいた痩せた総髪の侍が、町医者中原順庵と一緒にいた痩せた総髪の侍と同一人物とは限らない。だが、もし痩せた総髪の侍が同一人物だとしたら、二つの殺しには深い拘《かか》わりがある事になる。

「どうする半兵衛……」

忠左衛門は、筋張った細い首を伸ばして半兵衛の出方を待った。

「分かりました。小普請組支配組頭の岡田内蔵助殺し、ちょいと調べてみます」

「うむ……」

忠左衛門は、筋張った細い首で満足そうに頷いた。

半兵衛は苦笑した。

浜町堀の流れは緩やかだった。

半兵衛は、岡田内蔵助の死体が発見された汐見橋のある元浜町の木戸番を訪れた。

「やあ、喜助《きすけ》、邪魔するよ」

半兵衛は、顔見知りの木戸番の喜助に声を掛けた。

「此は白縫さま……」

喜助は、半兵衛を笑顔で迎えた。

「変わりはないかい……」

「お蔭さまで、白縫さまもお変わりなく……」

喜助は茶を淹《い》れ始めた。

「うん。で、ちょいと訊きたい事があってね」

「小普請組の岡田内蔵助さま殺しですか……」

喜助は、半兵衛に茶を差し出した。

「すまないね。岡田内蔵助、殺される前に痩せた総髪の侍と一緒にいたそうだね」

半兵衛は茶を啜《すす》った。

「ええ。高砂町《たかさごちょう》の木戸番の太吉《たきち》が夜廻りの途中に見掛けていましたよ」

「そうか……」

高砂町は元浜町の南東、やはり浜町堀沿いにあった。

岡田内蔵助は、痩せた総髪の侍と一緒に高砂町から元浜町に来て、汐見橋の袂で殺された。

もし、そうだとしたら……。

岡田内蔵助を殺したのは、中原順庵を袈裟懸けに斬り殺した者なのかもしれない。

半兵衛は読んだ。

違う……。

だが、半兵衛は直《す》ぐにその読みを棄てた。

中原順庵を袈裟懸けの一太刀で斬り殺した遣い手が、岡田内蔵助を背後から滅多刺しにして殺すとは思えない。

岡田を滅多刺しにして殺したのは、中原順庵を袈裟懸けに斬った者ではない。

半兵衛は睨んだ。

岡田内蔵助を背後から滅多刺しにしたのは、剣の心得のない者か女子供だ。

岡田内蔵助を殺したのは女……。

半兵衛の勘が囁いた。

だとしたら、中原順庵が逢った武家のお内儀かもしれない。

繋《つな》がっているのか……。

中原順庵殺しと岡田内蔵助殺しは、痩せた総髪の侍と武家のお内儀が絡んでいるのだ。

二つの殺しは繋がっている……。

半兵衛は気が付いた。

岡田内蔵助は、痩せた総髪の侍と高砂町の何処かで逢い、元浜町に一緒に来て武家のお内儀に背後から滅多刺しにされた。

武家のお内儀に逢ってから痩せた総髪の侍に斬られた中原順庵……。

痩せた総髪の侍と逢ってから武家の御新造に刺された岡田内蔵助……。

痩せた総髪の侍と武家の御新造が、二つの殺しに拘わっているのは間違いない。

半兵衛は、想いを巡らせた。

小普請組支配組頭の岡田内蔵助は、誰にどのような恨みを買って殺されたのか……。

半兵衛は、岡田内蔵助の人柄と身辺を調べる事にした。

町医者の中原順庵と武家のお内儀……。

半次と音次郎は、不忍池の畔にある料理屋や出合茶屋を訪ね歩いた。

だが、中原順庵の足取りは浮かばず、半次と音次郎は範囲を広げた。そして、不忍池の畔から離れた湯島天神下同朋町にある料理屋『松川《まつかわ》』で漸《ようや》く中原順庵の足取りを見付けた。

町医者の中原順庵は、殺された日の夕暮れに料理屋『松川』に武家の女と一緒に訪れていた。

「親分……」

音次郎は、漸く辿《たど》り着いて安堵《あんど》の吐息を洩らした。

「ああ。で、女将さん、順庵先生と一緒に来た武家の女ってのは、どんな人でした……」

半次は訊いた。

「年増の御新造さんでしてね。順庵先生は確か早苗《さなえ》さんと呼んでいたと思いますが……」

女将は、自信なさそうに告げた。

「早苗さんですか……」

「ええ……」

「苗字や住んでいる処は……」

音次郎は尋ねた。

「知りませんよ。そこ迄は……」

女将は苦笑した。

「そうですか……」

音次郎は落胆した。

「それで、順庵先生と御新造の早苗さん、どんな風でした……」

「どんなって、楽しそうにお料理を食べてお酒を飲んでいましたよ」

「それだけですかい……」

半次は、女将に笑い掛けた。

「順庵先生は口説《くど》いていましたけど、御新造さんにその気はないようでしてね」

女将は笑った。

「へえ、そうなんだ……」

半次は、戸惑いを浮かべた。

「ええ。その気もないのに、どうして一緒に来たのか……」

女将は首を捻った。

「で、どうしたんですかい……」

「寛永寺の鐘が戌の刻五つを鳴らした時、お帰りになりましたよ」

「そうですか……」

順庵と早苗は、料理屋『松川』を出て下谷広小路に行ったのだ。

上野北大門町の小料理屋の女将の証言通りだと云える。

半次は頷いた。

「処《ところ》で女将さん、御新造の早苗さん、どんな風体の人でしたか……」

「どんなって、お武家の御新造さんですが。そう云えば仲居頭が、大店《おおだな》のお嬢さまに礼儀作法や手習いなんかを教えているお武家の御新造さんに似ているとか云っていたけど。ま、そんな感じの人ですか……」

「大店のお嬢さまに礼儀作法や手習いなんかを教えているお武家の御新造……」

半次は眉をひそめた。

「ええ、似ているってだけですよ」

「女将さん、その仲居頭に逢わせて貰えないかな……」

半次は、女将に頼んだ。

小普請組とは、禄高三千石以下の旗本御家人の非役の者たちを云い、その殆《ほとん》どが御役目に就《つ》くのを望んでいた。

殺された岡田内蔵助は、小普請組支配の下役の小普請組支配組頭だった。

小普請組支配組頭の岡田内蔵助は、どのような人柄なのか……。

半兵衛は、知り合いの小普請組の佐川陣内《さがわじんない》の屋敷を訪れた。

「組頭の岡田内蔵助か……」

佐川陣内は嘲笑を浮かべた。

「知っているか……」

半兵衛は尋ねた。

「勿論だ。八人いる組頭の一人でな。俺の組頭じゃあないが、殺されたと聞いて組下の者は皆、大喜びだ」

佐川は、嘲《あざけ》りを浮かべた。

「余り良い評判の奴じゃあなかったようだな」

半兵衛は苦笑した。

「ああ。小普請組の者が御役目に就くには組頭や支配の推挙《すいきょ》がいる。それ故、先《ま》ずは組頭に気に入って貰わなければならねえ。岡田の野郎、そいつを良い事に御役目に就きたいと願う組下の者に賄賂《まいない》や付届《つけとど》けを無心しやがる汚ねえ野郎だ」

佐川は吐き捨てた。

「ならば、恨みを買っているか……」

「ああ、家代々の家宝を無心されたり、妻や娘を伽《とぎ》に差し出せと云われたり、恨んでいる者は大勢いる」

「そいつは酷《ひど》いな。して陣内、近頃は何かあったのか……」

「近頃か……」

「ああ……」

「近頃と云うか、半年ぐらい前、役目に推挙すると云う約束で家代々の家宝の香《こう》炉《ろ》を無心され、泣く泣く差し出したが、その後は一切梨《なし》の礫《つぶて》でな。差し出した組下の者は心を病んで、庭の桜の木で首を吊ったそうだ」

佐川は、腹立たしげに告げた。

「心を病んで、庭の桜の木で首を吊った……」

半兵衛は眉をひそめた。

「うむ。気の毒に、岡田内蔵助に殺されたも同然だ」

佐川は哀れんだ。

「陣内、その首を吊った組下の者を知っているか……」

「ああ……」

「何処の誰だ……」

「本郷は御弓町《おゆみちょう》に住む宮本平蔵《みやもとへいぞう》と云う者だ」

佐川は、云い難そうに答えた。

「御弓町の宮本平蔵か……」

半兵衛は、小普請組支配組頭岡田内蔵助に死に追い込まれた者の名を知った。

上野元黒門町《もとくろもんちょう》は不忍池と下谷広小路の間にあり、多くの人が行き交っていた。

半次と音次郎は、料理屋『松川』の仲居頭に、大店の娘に礼儀作法や手習いなどを教えている武家の女の出入りしている店を訊いた。

店は、上野元黒門町の仏具屋『秀霊堂《しゅうれいどう》』だと分かった。

半次と音次郎は、仏具屋『秀霊堂』を訪れた。

仏具屋『秀霊堂』の娘たちに礼儀作法と手習いを教えに来ている武家の女は、

本郷御弓町に住んでいる宮本早苗だった。

宮本早苗……。

町医者の中原順庵と料理屋『松川』に現れた武家の御新造は、本郷御弓町に住む宮本早苗だった。

「親分……」

「うむ。本郷御弓町だ……」

半次と音次郎は、本郷御弓町の宮本早苗の許に急いだ。


本郷御弓町の組屋敷街には、物売りの声が長閑《のどか》に響いていた。

「此処か……」

半兵衛は、板塀に囲まれた宮本平蔵の屋敷を眺めた。

宮本屋敷は静けさに満ち、庭の桜の木の葉は揺れていた。

心を病んだ宮本平蔵が首を吊った桜の木……。

半兵衛は、庭の桜の木を目当てにして、小普請組支配組頭岡田内蔵助に死に追い込まれた宮本平蔵の屋敷を探して来た。

中原順庵と岡田内蔵助の二件の殺しに絡んでいる武家の御新造は、宮本平蔵と拘わりのある者……。

半兵衛は睨み、宮本屋敷の木戸門を叩いた。

だが、宮本屋敷から返事はなかった。

誰もいないのか……。

半兵衛は、屋敷内を窺った。

「旦那、半兵衛の旦那じゃありませんか……」

半次と音次郎が、怪訝な面持ちで駆け寄って来た。

「やあ、半次、音次郎……」

「旦那……」

半次は、辺りを見廻した。

「うん。お前たちは……」

「中原順庵と料理屋に行った武家の御新造が漸く浮かびましてね」

「そいつは御苦労だったね。して、名前は……」

「宮本早苗です」

「宮本早苗……」

半兵衛は眉をひそめた。

宮本早苗は、おそらく岡田内蔵助に死に追い込まれた宮本平蔵の妻なのだ。

半兵衛は、庭に桜の木のある宮本屋敷を眺めた。

「ひょっとしたら、旦那も宮本早苗を……」

「うむ。半次、音次郎。小普請組支配組頭の岡田内蔵助が浜町堀で殺されたのは知っているね……」

「はい……」

「そいつが何か……」

「宮本早苗の亭主の平蔵は、半年前、岡田内蔵助に死に追い込まれているんだよ」

半兵衛は告げた。

「えっ……」

半次と音次郎は困惑した。

半兵衛は、半次と音次郎に詳しい事を話して聞かせた。

半次と音次郎は、町医者の中原順庵殺しが小普請組支配組頭岡田内蔵助殺しと何らかの繫がりがあると聞かされ、戸惑いを浮かべた。

「何らかの繫がりですか……」

「うむ。どちらの殺しにも痩せた総髪の侍と女が絡んでいる」

「その女が宮本早苗かもしれないってのは分かりますが、順庵殺しと岡田殺しには、どんな拘わりがあるんですかね」

半次は首を捻った。

「そこなんだな。順庵殺しと岡田殺し、今の処、殺したのが痩せた総髪の侍と女らしいと云う以外には何の拘わりもないのだ」

半兵衛は眉をひそめた。

「殺された順庵と岡田に拘わりは……」

「そいつも今の処、何もないんだな……」

半兵衛は、困惑を浮かべた。

順庵殺しと岡田殺しには、何の拘わりも浮かばない。だが、殺したと思われる痩せた総髪の侍と武家の女は同じなのだ。

「ですが、旦那の勘は拘わりがあると云っていますか……」

半次は、半兵衛に笑い掛けた。

「まあな……」

半兵衛は苦笑した。

「旦那、親分……」

音次郎が通りを示した。

風呂敷包みを抱えた武家の御新造がやって来た。

宮本早苗……。

半兵衛は睨み、やって来た武家の御新造を見守った。

武家の御新造は、木戸門を潜って宮本屋敷に入って行った。

「旦那、あの御新造……」

半次は眼を瞠った。

「ああ。宮本早苗だ……」

半兵衛は、鎌倉河岸に佇む浪人に駆け寄る小さな風呂敷包みを持った武家の御新造を思い出した。

宮本早苗はあの時の御新造であり、佇んでいた浪人は痩せた総髪だった。

「じゃあ、あの時の浪人が……」

音次郎は気が付いた。

「おそらくね」

半兵衛は頷いた。

鎌倉河岸にいた浪人が、町医者中原順庵を袈裟懸けの一太刀で斬り棄て、小普請組支配組頭の岡田内蔵助と浜町堀にいた痩せた総髪の侍なのだ。

「どうします……」

半次は、早苗の入った宮本屋敷を示した。

「うん。痩せた総髪の侍と繋ぎを取るのを待ってみるか……」

半兵衛は、宮本屋敷を眺めた。

宮本屋敷の桜の木は、緑の枝葉を微風《そよかぜ》に揺らしていた。

三

風が吹き抜け、鎌倉河岸の水面には小波《さざなみ》が走っていた。

半兵衛は、宮本早苗の見張りを半次と音次郎に任せ、三河町の町医者中原順庵の家にやって来た。

町医者中原順庵の家は、板塀の木戸門を閉めていた。

半兵衛は木戸門を叩いた。

家から返事はないが、木戸門は開いた。

半兵衛は、木戸門を潜って格子戸を叩いた。

やはり返事はなかった。
お内儀のおまちと医生の高木兵馬は出掛けているのか……。
半兵衛は、家の中の様子を窺った。
家の中で微かな物音がした。
半兵衛は眉ひそめた。
誰かいるのか……。
半兵衛は、庭先に廻った。

中原順庵の家は診察室などがあり、母屋《おもや》が続いている。
半兵衛は、母屋の居間や座敷に面した庭に進んだ。
居間も座敷も障子が閉められていた。
半兵衛は、居間と座敷の様子を窺った。
男と女の喘《あえ》ぎ声が、座敷の障子越しに微かに洩れて来た。
此《これ》は此は……。
半兵衛は苦笑し、座敷の縁側に腰掛けて咳払いをした。
座敷から男と女の狼狽《うろた》える声がした。

「やあ、北町奉行所の臼縫半兵衛だが、お内儀のおまちと医生の高木兵馬はいるかな」

半兵衛は、座敷に声を掛けた。

「は、はい。只今……」

高木兵馬は、慌てて着物の前を合わせながら障子を開けた。

裸のおまちが、着物を抱えて座敷から出て行くのが見えた。

「やあ。取込中だったかな……」

半兵衛は笑い掛けた。

「は、はい。いえ。その……」

高木は、激しく狼狽えた。

「まあ、良い。今日、訪れたのは、ちょいと聞きたい事があってね」

半兵衛は笑みを消し、厳しく見詰めた。

「は、はい……」

高木は、喉を鳴らして頷いた。

「順庵の患者に本郷御弓町の宮本平蔵と云う患者はいたかな」

「宮本平蔵さま……」

高木は、戸惑いを浮かべた。

「うむ……」

「いいえ。おいでになりませんが……」

高木は、首を横に振った。

「ならば、早苗と云う御新造は……」

「えっ。宮本早苗さまですか……」

「左様、宮本早苗だ……」

「宮本早苗さまなら一ヶ月前から時々……」

「来ているのか……」

「はい。具合の悪い時に……」

「そうか……」

宮本早苗は、町医者中原順庵に患者として近付いたのだ。

武家の御新造が好みの順庵は、宮本早苗に興味を抱かぬ筈はなかった。

半兵衛は読んだ。

「ならば、やはり患者の中に痩せた総髪の侍はいないかな」

「痩せた総髪のお侍ですか……」

「お侍でも町方の者でも、長患《ながわずら》いの男の患者の殆どは、痩せて月代《さかやき》も伸び放題の総髪が多いので……」

「うむ……」

高木は、困惑を浮かべた。

「そうか。高木、順庵は高額な診察代や薬代を取ったと聞いたが、そいつは本当か……」

「は、はい。余程の事でもない限りは……」

高木は頷いた。

「余程の事……」

半兵衛は訊き返した。

「はい……」

「余程の事とはどんな事かな……」

「それは、お侍の患者の御新造さまが御付き合い下されば……」

高木は、云い難そうに言葉を濁した。

「成《な》る程《ほど》、順庵、高い診察代や薬代を御新造の身体で払わせる時もあったのか……」

「……」

半兵衛は眉をひそめた。

「は、はい……」

「最近、そうした事はどうなのだ……」

「えっ。それは……」

高木は口籠もった。

「高木、順庵の喪《も》も明けぬ内に後家のおまちと情を交わすとは、お前も良い度胸だな」

半兵衛は苦笑した。

「白縫さま……」

高木は焦り、狼狽えた。

「高木、最近、身体で診察代や薬代を払わせた御新造は何処の誰だ」

半兵衛は、高木を厳しく見据えた。

「半年前。患者は青柳平四郎《あおやぎへいしろう》と申される浪人で、弥生《やよい》と仰る御新造を……」

「青柳平四郎と弥生だな……」

「はい……」

「住まいは何処だ」

「亀井町《かめいちょう》は、神田堀沿いにある竹森《たけもり》稲荷の裏の稲荷長屋です」

高木は告げた。

「亀井町の稲荷長屋だな」

半兵衛は念を押した。

「はい……」

高木は頷いた。

「よし……」

半兵衛は、座敷の縁側から立ち上がった。

亀井町の稲荷長屋に住む浪人の青柳平四郎と弥生夫婦……。

半兵衛は、亀井町に急いだ。

音次郎は、斜向《はすむ》かいの路地から宮本屋敷を見張り続けていた。

宮本早苗は動かなかった。

「変わりはないようだな……」

半次が路地の奥からやって来た。

「はい……」

「旦那の宮本平蔵が亡くなり、御新造の早苗、今月中に屋敷を明け渡さなければならないそうだぜ……」

「そうなんですか……」

「ああ……」

半次と音次郎は、庭に桜の木のある宮本屋敷を眺めた。


岡っ引か……。

痩せた総髪の浪人は、宮本屋敷の斜向かいの路地に潜んでいる二人の町方の男の素性を読んだ。

二人の町方の男の様子と身のこなしを見る限り、岡っ引に間違いない……。

痩せた総髪の浪人は見定めた。

岡っ引たちが、どうやって宮本早苗を割り出したのかは分からない。だが、宮本早苗にお上の手が迫っているのは間違いない。

宮本早苗が知れたなら、いつかは……。

痩せた総髪の浪人は、踵《きびす》を返して足早に立ち去った。

神田堀は鎌倉河岸から東に流れ、亀井町で南に曲がって浜町堀に続いている。
半兵衛は、鎌倉河岸から神田堀沿いを東に進んだ。
やがて亀井町になり、神田堀が南に曲がった処に竹森稲荷があった。
半兵衛は、竹森稲荷裏に稲荷長屋を探した。
稲荷長屋は竹森稲荷の裏、神田堀沿いにあった。
半兵衛は、木戸口から稲荷長屋を眺めた。
稲荷長屋の井戸端に人はおらず、赤ん坊の泣き声が響いていた。
青柳平四郎と弥生の家は何処だ……。
半兵衛は、稲荷長屋を窺った。
稲荷長屋の手前の家から、若いおかみさんが赤ん坊をあやしながら出て来た。
半兵衛は、木戸口を出て赤ん坊をあやす若いおかみさんに近付いた。
「やあ。ちょいと尋ねるが、青柳さんの家は何処かな……」
半兵衛は、若いおかみさんに尋ねた。
「青柳さんなら奥の左側の家ですよ……」

若いおかみさんは、怪訝な面持ちで奥の左側の家を示した。

「奥の左側。造作を掛けたね」

半兵衛は、若いおかみさんに礼を云って奥の左側の家に進んだ。

「あっ、お役人さま。青柳さんはお出掛けですよ」

「お出掛けか、御新造さんもかな……」

「お役人さま……」

若いおかみさんは眉をひそめた。

「なんだい……」

「御新造の弥生さんは半年前に……」

若いおかみさんは云い淀《よど》んだ。

「半年前にどうかしたのかな」

「神田川に身を投げて……」

若いおかみさんは、哀しげに告げた。

「何だって……」

半兵衛は驚いた。

青柳平四郎の妻の弥生は、半年前に神田川に身を投げて死んでいた。

「そうか。青柳弥生は身を投げて死んでいたのか……」

半兵衛は知った。

青柳弥生は、病の夫平四郎を何としてでも助けたかった。その為、払えない薬代の代わりに町医者中原順庵に抱かれた。そして、夫平四郎の病は治った。だが、弥生は中原順庵に抱かれた自分を恥じ、神田川に身を投げて命を断った。

半兵衛は読んだ。

青柳平四郎はそれを知り、宮本早苗に頼んで中原順庵を呼び出して貰い、不忍池の畔で斬り棄てた。

そして、青柳平四郎は小普請組支配組頭岡田内蔵助を呼び出し、宮本早苗の恨みを晴らす助太刀をした。

青柳平四郎と宮本早苗は、互いの足りない処を補い合って各々《おのおの》の恨みを晴らした。

半兵衛は睨んだ。

だが、分からないのは、青柳平四郎と宮本早苗が何処で繋がったかだ。

それに、青柳平四郎と宮本早苗が繋がっている証拠はなにもない……。

半兵衛は苦笑した。

稲荷長屋に夕陽が差し込んだ。

とにかく繋がっている証拠だ……。

半兵衛は、稲荷長屋の木戸口を離れて北町奉行所に向かった。


町方同心……。

痩せた総髪の浪人は、稲荷長屋の木戸から出て来た巻羽織の同心に気が付き、素早く物陰に隠れた。

町方同心は、神田堀沿いの道を浜町堀沿いに進んで行く。

何処の町方同心だ……。

痩せた総髪の浪人は、町方同心を尾行し始めた。

岡っ引が宮本早苗を見張り、町方同心が稲荷長屋に現れた。

既に俺も割り出されている……。

痩せた総髪の浪人は、落ち着いた足取りで行く町方同心を慎重に尾行《つけ》た。


夕暮れ時。

浜町堀に屋根船の櫓《ろ》の音が響いた。
半兵衛は、浜町堀沿いを進んで緑橋《みどりばし》の袂を通油町《とおりあぶらちょう》の通りに曲がった。
通油町の通りを西に進めば日本橋の通りになり、外濠に出る。
半兵衛は進んだ。
誰かが見ている……。
半兵衛は、背中に何者かの視線を感じた。
尾行て来る者がいる……。
半兵衛の勘が囁いた。
何者だ……。
半兵衛は読んだ。
青柳平四郎か……。
半兵衛は気付いた。
もし、青柳平四郎ならば稲荷長屋から尾行て来ているのだ。
半兵衛は、気付かなかった己に苦笑した。
それにしても、町奉行所同心と素性の知れている者を尾行てどうするのだ。
半兵衛は、微かな戸惑いを覚えた。

南北どちらの町奉行所の何と云う名の同心か知りたいのかもしれない。

それとも……。

半兵衛は、歩きながら背後からの視線に殺気を探した。だが、殺気は感じられなかった。

外濠に架かっている呉服橋御門には、仕事を終えて帰る者たちが渡って来ていた。

町方同心は、帰る知り合いの者と挨拶を交わして呉服橋御門を潜って行った。

北町奉行所の同心……。

痩せた総髪の浪人は、呉服橋御門の袂から見送った。そして、町方同心と挨拶を交わして帰る知り合いの者を呼び止めた。

「卒爾《そつじ》ながら、今の町方同心は宮本平蔵どのですかな」

痩せた総髪の浪人は尋ねた。

「いいや。違いますが……」

知り合いの者は眉をひそめた。

「そうですか、宮本平蔵どのに良く似ているのだが、違いましたか……」

痩せた総髪の浪人は、首を捻って肩を落とした。

「うむ。あの方は白縫半兵衛どのだ。宮本平蔵どのではない」

「白縫半兵衛どの。そうですか、御造作をお掛け致した」

痩せた総髪の浪人は、知り合いの者に頭を下げて礼を述べた。

知り合いの者は、足早に帰って行った。

痩せた総髪の浪人は、呉服橋御門を眺めた。

白縫半兵衛……。

痩せた総髪の浪人は、稲荷長屋に現れた町方同心が北町奉行所の白縫半兵衛だと知った。

痩せた総髪の浪人……。

半兵衛は、呉服橋御門の陰から外濠の向こうの袂を見ていた。

呉服橋御門の袂では、痩せた総髪の浪人が半兵衛と挨拶を交わして帰る知り合いの者に何事か尋ねていた。

奴だ……。

半兵衛は、尾行て来た者が痩せた総髪の浪人だと知った。

青柳平四郎か……。

半兵衛は、痩せた総髪の浪人を青柳平四郎だと見定めた。

青柳平四郎は、呉服橋御門を一瞥《いちべつ》して袂から離れた。

薄暮の時は過ぎ、空から青さが消えて夜の闇が静かに広がった。

四

燭台《しょくだい》の火は揺れた。

「浪人の青柳平四郎ですか……」

半次は、痩せた総髪の浪人の名を知った。

「うむ……」

半兵衛は、青柳平四郎が町医者中原順庵を斬り棄てた理由を教えた。

「順庵を斬ったのは、御新造を死なせてしまった自分を恥じての事ですかね」

半次は、青柳平四郎の胸の内を読んだ。

「かもしれないな……」

半兵衛は、青柳平四郎に微かな哀れみを覚えた。

「それで、稲荷長屋を訪れた旦那を尾行《つけ》ましたか……」

「うむ。何を企《くわだ》てているのか……」

半兵衛は眉をひそめた。

「旦那、青柳平四郎、旦那に眼を付けられた事を宮本早苗に報せますかね」

「それなのだが、江戸から逃げろと報せるか、それとも報せず、己との拘わりの一切を断ち切って、そっとしておこうとするか……」

半兵衛は読んだ。

「今の処、青柳平四郎と宮本早苗に拘わりがあると云う証拠、何一つありませんからね」

半次は眉をひそめた。

「うむ……」

「旦那、思い切って宮本早苗を大番屋に引っ張りますか……」

「半次、青柳平四郎と宮本早苗、責めれば拘わりを吐くと思うか……」

「いいえ。吐かないでしょうね……」

半次は苦笑した。

「うむ。青柳平四郎、さっさと姿を消せば良いものを私を尾行た。そいつはどうしてなのか……」

半兵衛は苦笑した。

行燈《あんどん》の明かりは、翳《かざ》した刀身を鈍《にぶ》く輝かせた。

青柳平四郎は、鈍く輝く刀身を見詰めて吐息を洩らした。

此《これ》で良い……。

青柳平四郎は、鈍く輝く刀身に拭《ぬぐ》いを掛け、柄《つか》を嵌《は》めて目釘《めくぎ》を打った。

白縫半兵衛は、北町奉行所の同心でありながらかなりの遣い手だ。

青柳は、半兵衛のゆったりとした足取りと後ろ姿を見てそう感じていた。

果たして勝てるか……。

しかし、妻の弥生が身を投げ、中原順庵を斬り棄ててその恨みを晴らした今、心残りは何もない。

その時はその時……。

青柳は苦笑した。

だが、夫の恨みを晴らした宮本早苗だけは助けてやりたい。

青柳は、厳しい面持ちで手入れを終えた刀を鞘《さや》に納めた。

本郷御弓町の武家屋敷街には、出仕《しゅっし》する武士たちが足早に行き交っていた。

宮本屋敷は、庭の桜の木の枝葉を揺らしているだけだった。

半次と音次郎は、宮本早苗の見張りを続けていた。

「じゃあ、宮本早苗が動かなくても、その青柳平四郎って浪人が来るかもしれないんですかい……」

音次郎は、緊張した顔で辺りを見廻した。

「ああ。青柳平四郎の住んでいる亀井町の稲荷長屋には半兵衛の旦那が行ったが、呉々《くれぐれ》も気を付けろとな……」

半次は眉をひそめた。

「はい……」

音次郎は、喉を鳴らして頷いた。

神田堀の煌めきに笹舟は流れた。

半兵衛は、神田堀沿いにある竹森稲荷裏の稲荷長屋を眺めた。

稲荷長屋は、既におかみさんたちの洗濯も終わり、静かだった。

半兵衛は、奥にある青柳平四郎の家に行こうとした。

青柳平四郎の家の腰高障子が開いた。

半兵衛は立ち止まった。

青柳平四郎が出て来た。

「やあ……」

半兵衛は、青柳に笑い掛けた。

青柳は、半兵衛を見詰めた。

「青柳平四郎さんだね……」

「如何《いか》にも。白縫半兵衛どのか……」

「うむ。ちょいと話があるんだがね……」

半兵衛は微笑んだ。


竹森稲荷の赤い幟旗《のぼりばた》は揺れた。

半兵衛と青柳平四郎は、竹森稲荷の前で対峙《たいじ》した。

「話とは……」

青柳は、半兵衛を見据えた。

「不忍池の畔で町医者の中原順庵を斬り殺したね」

半兵衛は、静かに尋ねた。

「如何にも……」

青柳は頷き、中原順庵を斬ったのを素直に認めた。

「御新造の無念を晴らしたか……」

半兵衛は、青柳を見詰めた。

「私の胃の腑の病を治して貰いたい一念で順庵に抱かれ、自ら命を絶った哀れな妻。そして、病が治って残された私は己の愚かさを思い知らされた……」

青柳は、神田堀の煌めく流れを見詰めた。

煌めきを笹舟が流れて行った。

青柳は、眩《まぶ》しげに見送った。

「それで、中原順庵を斬り殺しましたか……」

「如何にも。中原順庵は私を警戒し、決して逢おうとしなかった。それで……」

「宮本早苗に頼んで誘い出して貰ったか……」

「いいや。中原順庵を見張り、追い廻し、漸く不忍池の畔で斬り棄てた」

青柳は苦笑した。

「ならば、宮本早苗に順庵を誘い出してくれと頼んではいないと……」

半兵衛は訊き返した。

「白縫どの、宮本早苗とは何方《どなた》です。私は知らぬ……」

青柳は、半兵衛を見据えて告げた。

「青柳さん、宮本早苗、おぬしの順庵殺しに拘わりはないと……」

「白縫どの、申した通り、私は宮本早苗と拘わりなど何もなく。知らぬ……」

「知らぬ……」

半兵衛は眉をひそめた。

「うむ……」

「では、小普請組支配組頭の岡田内蔵助殺しも知らぬと申しますか……」

「岡田内蔵助ですか……」

青柳は苦笑した。

「ええ……」

「岡田内蔵助とは酒を飲み、些細《ささい》な事で口論になりましてね」

「酒を飲んで口論……」

「ええ。そして、岡田は私を浪人と侮《あなど》り、蔑《さげす》んだ。それ故、私が岡田内蔵助を背後から刺し、殺した」

「おぬしが殺した……」

半兵衛は、青柳の思わぬ告白に微かな戸惑いを覚えた。

「左様。小普請組支配組頭の岡田内蔵助も私が殺した……」

青柳は、冷ややかな笑みを浮かべた。

「青柳さん、おぬし、宮本早苗に頼まれ……」

「白縫どの、先程も云ったように、私は宮本早苗などという女は知りませんよ」

「まことに……」

「ええ。宮本早苗とは何者ですか……」

「宮本早苗は、小普請組の旗本宮本平蔵の妻でね。宮本平蔵は、御役目に就きたい一心で上役の組頭岡田内蔵助に求められた家宝の香炉を差し出した。しかし、岡田は家宝を受け取りながら宮本平蔵を御役目に推挙しなかった。宮本平蔵は、心を病み、庭の桜の木で首を吊った。宮本早苗はそれを恨み、平蔵の無念を晴らそうと、おぬしに岡田内蔵助を浜町堀に誘い出すように頼んだ。おぬしは、中原順庵を誘い出して貰った代わりに、岡田内蔵助を浜町堀に架かっている汐見橋の袂に誘い出した。そして、宮本早苗は岡田内蔵助を背後から刺した。その時、おぬしは岡田内蔵助に動けば斬ると釘付けにしていた。違うかな……」

半兵衛は、青柳を見詰めた。

「成る程。面白い読みですな。ですが、私は宮本早苗などという女は知らぬ……」

青柳は笑った。

「青柳さん、どうあっても……」

惚《とぼ》け続ける……。

半兵衛は、青柳の腹の内を読んだ。

「知らぬ。白縫さん、私は町医者の中原順庵を恨み、小普請組支配組頭の岡田内蔵助を行き掛かりで斬り棄てた。それだけの話ですよ」

「そうか、ならば大番屋で仔細《しさい》を話して貰いますか……」

「大番屋で……」

青柳は眉をひそめた。

「如何にも……」

半兵衛は頷いた。

「そいつは断る……」

青柳は、半兵衛に斬り掛かった。

半兵衛は咄嗟《とっさ》に跳び退いて躱《かわ》し、素早く身構えた。

「白縫どの、中原順庵と岡田内蔵助を斬ったのは私だ。それで良いではないか……」

青柳は、半兵衛に鋭く斬り掛かった。

半兵衛は跳び退いた。

青柳は、尚も斬り掛かった。

刹那《せつな》、半兵衛は鋭く踏み込み、抜き打ちの一刀を放った。

抜き打ちの一刀は、閃光となって青柳の腹を斬り裂いた。

青柳は凍《い》て付《つ》いた。

半兵衛は、青柳と擦れ違って残心《ざんしん》の構えを取った。

青柳は、斬られた腹から血を滴《したた》らせた。

半兵衛は、刀に拭いを掛けて鞘に納めた。

青柳は、前のめりに二、三歩進んで倒れた。

「青柳さん……」

半兵衛は、青柳に駆け寄って抱き起こした。

「青柳さん、おぬし、最初から私に斬られるつもりだったのか……」

半兵衛は睨んだ。

「白縫どの、私は宮本早苗など知らぬ。そして、中原順庵と岡田内蔵助を斬り殺した……」

青柳は、苦しく息を鳴らして必死に告げた。

「青柳さん……」

「頼む、白縫どの……」

青柳は、半兵衛に縋る眼を向けて必死に頭を下げようとした。

「青柳さん、世の中には私たち町方同心が知らん顔をした方が良い事がある。私はそう思っている……」

半兵衛は告げた。

「知らぬ顔の半兵衛どのか、忝《かたじけな》い……」

青柳は、安堵を浮かべて絶命した。

半兵衛は、青柳の遺体を静かに横たえて手を合わせた。

青柳平四郎は、宮本早苗を知らぬと云い続けて滅び去った。

神田堀の流れは煌めいた。

「そうですか、青柳平四郎、宮本早苗を知らぬと惚け続けて死にましたか……」

半次は眉をひそめた。

「うむ。町医者の中原順庵は無論、小普請組支配組頭の岡田内蔵助も己が斬り殺したと云い張ってね」

「じゃあ、半兵衛の旦那……」

「うむ。最早、宮本早苗と青柳平四郎が何処で知り合い、どうして互いの恨みを晴らそうと手を組んだのか、すべては闇の彼方《かなた》だ」

「そうですか……」

「半次、音次郎、宮本早苗の見張りは此迄《これまで》だ……」

半兵衛は、宮本屋敷を眺めた。

宮本屋敷の桜の木は、吹き抜ける風に緑の枝葉を揺らしていた。

北町奉行所吟味方与力の大久保忠左衛門は、半兵衛の報告を黙って聞き終えた。

「そうか。して、半兵衛、町医者の中原順庵と小普請組支配組頭の岡田内蔵助の人柄とその悪辣《あくらつ》な所業、調べに間違いないのだな」

忠左衛門は、筋張った細い首を伸ばした。

「はい……」

半兵衛は頷いた。

「ならば半兵衛。青柳平四郎は宮本早苗を庇《かば》い、武士としての意地と矜持《きょうじ》を貫き、おぬしと尋常の立ち合いをして果てたのだな」

「左様にございます」

「そうか、良く分かった。町医者中原順庵殺しは、青柳平四郎の死によって落着。岡田内蔵助殺しについては、半兵衛、おぬしの覚書《おぼえがき》通りに儂からお目付に報せておく……」

忠左衛門は笑った。

「はい……」

半兵衛の覚書には、岡田内蔵助の悪行の数々は記されていたが、宮本早苗の名は一切書かれてはいなかった。

「うむ。御苦労だった」

忠左衛門は、半兵衛を労《ねぎら》った。

「では、此にて……」

半兵衛は、忠左衛門の用部屋を後にした。

半兵衛は、半次や音次郎と市中見廻りで神田八ツ小路を昌平橋に向かっていた。

「旦那、親分……」

音次郎が一方を示した。

行き交う人々の中に、風呂敷包みを持った宮本早苗がいた。

「宮本早苗か……」

「はい。お店のお嬢さんに礼儀作法でも教えに行くんですかね」

音次郎は読んだ。

「きっとな……」

「宮本早苗さん、本郷御弓町の御屋敷を出たそうですが、変わりはなさそうですね」

半次は告げた。

「うん……」

早苗は、青柳平四郎が自分を庇って死んでいった事を知らない。

そして、青柳平四郎と宮本早苗の拘わりは謎のままだった。
世間には多くの謎がある。
それが人の世だ……。
半兵衛は、人込みに紛れて行く早苗を見送った。

この作品は双葉文庫のために書き下ろされました。

双葉文庫

ふ-16-53

新《しん》・知《し》らぬが半兵衛手控帖《はんべえてびかえちょう》
古傷痕《ふるきず》

2020年10月18日　第1刷発行

【著者】
藤井邦夫《ふじいくにお》

【発行者】
箕浦克史
【発行所】
株式会社双葉社
〒162-8540 東京都新宿区東五軒町3番28号
［電話］03-5261-4818（営業）　03-5261-4833（編集）
www.futabasha.co.jp（双葉社の書籍・コミックが買えます）
【印刷所】
中央精版印刷株式会社
【製本所】
中央精版印刷株式会社

【フォーマット・デザイン】
日下潤一

ISBN978-4-575-67019-6 C0193
Printed in Japan

風野真知雄

わるじい慈剣帖（一）

いまいくぞ

長編時代小説〈書き下ろし〉

あの大人気シリーズが帰ってきた！　目付に復帰したのも束の間、孫の桃子が気になって仕方がない愛坂桃太郎は江戸への帰還を目論むが。

風野真知雄

わるじい慈剣帖（二）

これなあに

長編時代小説〈書き下ろし〉

孫の桃子を追って八丁堀の長屋に越してきた愛坂桃太郎。大家である蕎麦屋の主に妙に気に入られ、次々と難珍事件が持ち込まれる。

風野真知雄

わるじい慈剣帖（三）

こわいぞお

長編時代小説〈書き下ろし〉

川沿いの柳の下に夜な夜な立つ女の幽霊。桃子の夜泣きはこいつのせいか？　愛坂桃太郎は、可愛い孫の安寧のため、調べを開始する。

風野真知雄

わるじい慈剣帖（四）

ばあばです

長編時代小説〈書き下ろし〉

長屋の二階から忽然と消えたエレキテル。没収しようと押しかけた北町奉行所の捕り方たちも目を白黒させるなか、桃太郎の謎解きが光る。

藤井邦夫

知らぬが半兵衛手控帖

姿見橋

長編時代小説〈書き下ろし〉

「世の中には知らん顔をした方が良いことがある」と嘯く、北町奉行所臨時廻り同心白縫半兵衛が見せる人情裁き。シリーズ第一弾。

藤井邦夫

知らぬが半兵衛手控帖

投《な》げ文《ぶみ》

長編時代小説〈書き下ろし〉

かどわかされた呉服商の行方を追ううちに浮かび上がる身内の思惑。北町奉行所臨時廻り同心白縫半兵衛が見せる人情裁き。シリーズ第二弾。

藤井邦夫

知らぬが半兵衛手控帖

半化粧《はんげしょう》

長編時代小説〈書き下ろし〉

鎌倉河岸で大工の留吉を殺したのは、手練れの辻斬りと思われた。探索を命じられた半兵衛の前に女が現れる。好評シリーズ第三弾。

藤井邦夫

知らぬが半兵衛手控帖

辻斬り

長編時代小説〈書き下ろし〉

神田三河町で金貸しの夫婦が殺され、自供をもとに取り立て屋のおときが捕縛されたが、不審なものを感じた半兵衛は……。シリーズ第四弾。

藤井邦夫

知らぬが半兵衛手控帖

乱れ華《ばな》

長編時代小説〈書き下ろし〉

凶賊・土蜘蛛の儀平に裏をかかれた北町奉行所臨時廻り同心・白縫半兵衛は内通者がいると睨んで一か八かの賭けに出る。シリーズ第五弾。

藤井邦夫

知らぬが半兵衛手控帖

通《かよ》い妻

長編時代小説〈書き下ろし〉

瀬戸物屋の主が何者かに殺された。目撃証言から、ある女に目星をつけた半兵衛だったが、その女は訳ありの様子で……。シリーズ第六弾。

藤井邦夫

知らぬが半兵衛手控帖

籠《かご》の鳥

長編時代小説〈書き下ろし〉

北町奉行所臨時廻り同心の白縫半兵衛は、鎌倉河岸近くで身投げしようとしていた女を助けたのだが……。好評シリーズ第七弾。

藤井邦夫

知らぬが半兵衛手控帖

離縁状

長編時代小説〈書き下ろし〉

音羽に店を構える玩具屋の娘が殺された。白縫半兵衛は探索にかかるが、事件は思いもよらぬ方へころがりはじめる。好評シリーズ第八弾。

藤井邦夫

知らぬが半兵衛手控帖

捕違《とりちが》い

長編時代小説〈書き下ろし〉

本所竪川沿いの空き家から火の手があがり、付近で酔いつぶれていた男が付け火の罪で捕縛されたのだが……。好評シリーズ第九弾。

藤井邦夫

知らぬが半兵衛手控帖

無縁坂

長編時代小説〈書き下ろし〉

北町奉行所与力・松岡兵庫の妻女が行方知れずになった。捜索に乗り出した半兵衛の前に浪人者の影がちらつき始める。好評シリーズ第十弾。

藤井邦夫

知らぬが半兵衛手控帖

主殺《しゅうごろ》し

長編時代小説
〈書き下ろし〉

日本橋の高札場に置き去りにされた子供を見つけ、その子の長屋を訪ねた白縫半兵衛は、蒲団の中で腹を刺されて倒れている男を発見する。

藤井邦夫

知らぬが半兵衛手控帖

忘れ雪

長編時代小説
〈書き下ろし〉

八丁堀の同心組屋敷に、まだ幼い少年が白縫半兵衛を頼ってきた。少年の体に無数の青痣を見つけた半兵衛は、少年の母親を捜しはじめる。

藤井邦夫

知らぬが半兵衛手控帖

夢芝居

長編時代小説
〈書き下ろし〉

百姓が実の娘の目前で無礼討ちにされた。町方が手出しできない大身旗本の冷酷な所業に、白縫半兵衛が下した決断とは。シリーズ最終巻。

藤井邦夫

柳橋の弥平次捕物噺一

影法師

時代小説

剃刀与力こと秋山久蔵、知らぬ顔の半兵衛こと同心白縫半兵衛、二人の手先となり大活躍する岡っ引〝柳橋の弥平次〟が帰ってきた!

藤井邦夫

柳橋の弥平次捕物噺二

祝い酒

時代小説

年端もいかない男の子が父親を捜しに船宿『笹舟』にやってきた。だが、その子の父親は弥平次の手先で、探索中に落命した直助だった。

藤井邦夫

柳橋の弥平次捕物噺三

宿無《やどな》し

時代小説

浜町堀の稲荷堂で血を吐いて倒れている旅姿の女を助けた岡っ引の弥平次。だが幼い娘を連れたその女の左腕には三分二筋の入墨があった。

藤井邦夫

柳橋の弥平次捕物噺四

道連れ

時代小説

浅草に現れた盗賊〝天狗の政五郎〟一味。政五郎が元高遠藩士だと知った弥平次は、与力秋山久蔵と共に高遠藩江戸屋敷へと向かう。

藤井邦夫

追跡者

結城半蔵事件始末〈三〉

時代小説

脱藩した男を討つよう主命を受けた勝岡藩士を藩の目付衆が付け回していた。結城半蔵は、その上意討ちの裏に隠された真相を探り始める。

藤井邦夫

濡れ衣

結城半蔵事件始末〈四〉

時代小説

京橋の大店「角屋」の倅が勾引された。手代の証言から、矢崎新兵衛という浪人者が捕らえられたが、結城半蔵は矢崎の無実を確信し……。

藤井邦夫

無宿者

結城半蔵事件始末〈五〉

時代小説

茶問屋を勘当され無宿人となった平七が肥後国岩倉藩大沢家の下屋敷を見張っていた。その理由を探るべく、結城半蔵らが探索を開始する。

藤井邦夫

曼珠沙華《まんじゅしゃげ》

新・知らぬが半兵衛手控帖

時代小説〈書き下ろし〉

藤井邦夫の人気を決定づけた大好評の「知らぬが半兵衛手控帖」シリーズ。その続編が4年ぶりに書き下ろし新シリーズとしてスタート！

藤井邦夫

思案橋《しあんばし》

新・知らぬが半兵衛手控帖

時代小説〈書き下ろし〉

楓川に架かる新場橋傍で博奕打ちの猪之吉が死体で発見された。探索を始めた半兵衛の前に猪之吉の情婦の家の様子を窺う浪人が姿を現す。

藤井邦夫

緋牡丹《ひぼたん》

新・知らぬが半兵衛手控帖

時代小説〈書き下ろし〉

奉公先で殺しの相談を聞いたと、見知らぬ娘が半兵衛を頼ってきた。五年前に死んだ鶴次郎の半纏を持って……。大好評シリーズ第三弾！

藤井邦夫

名《な》無《な》し

新・知らぬが半兵衛手控帖

時代小説〈書き下ろし〉

殺しの現場を見つめる素性の知れぬ老人。後を追った半兵衛に権兵衛と名乗った老爺は何を隠しているのか。大好評シリーズ待望の第四弾！

藤井邦夫

新・知らぬが半兵衛手控帖
片えくぼ

時代小説〈書き下ろし〉

音次郎が幼馴染みのおしんを捜すと、おしんは思わぬ事件に巻き込まれていた……。粋な人情裁きがますます冴える、シリーズ第五弾！

藤井邦夫

新・知らぬが半兵衛手控帖
狐の嫁入り

時代小説〈書き下ろし〉

行方知れずだった薬種問屋の若旦那が嫁を連れて帰ってきた。その嫁、ゆりに不審な動きが。知らん顔がかっこいい、痛快な人情裁き！

藤井邦夫

新・知らぬが半兵衛手控帖
隠居の初恋

時代小説〈書き下ろし〉

吟味方与力・大久保忠左衛門の友垣が年甲斐もなく、後家に懸想しているかもしれない。連れ立って歩く二人を白縫半兵衛が尾行ると……。

藤井邦夫

新・知らぬが半兵衛手控帖
戯《たわ》け者

時代小説〈書き下ろし〉

昼間から金貸し、女郎屋、賭場をめぐる。旗本の部屋住みの、絵に描いたような戯け者を尾行た半兵衛たちは、その隠された意図を知る。

藤井邦夫

新・知らぬが半兵衛手控帖
招き猫

時代小説〈書き下ろし〉

ある晩、古い茶店に何者かが忍び込み、床下に大きな穴を掘っていった。何も盗まず茶店を後にした者の目的とは!? 人気シリーズ第九弾。

藤井邦夫

新・知らぬが半兵衛手控帖
再縁話

時代小説〈書き下ろし〉

臨時廻り同心の白縫半兵衛に、老舗茶道具屋の出戻り娘との再縁話が持ち上がった。だが、その茶道具屋の様子を窺う男が現れ……。

藤井邦夫

歳三の首

長編歴史エンターテインメント

箱館戦争の最中、五稜郭付近で銃弾に斃れた土方歳三。その亡骸をめぐり新政府弾正台と元新撰組隊士永倉新八の息詰まる攻防が始まる！

双葉文庫